HUNDESPRUNG
von H. R. Ald

Bibliografische Information der Deutschen Nationalbibliothek

Die Deutsche Nationalbibliothek verzeichnet diese Publikation

in der Deutschen Nationalbibliografie; detaillierte bibliografische

Daten sind im Internet über http//dnb.dnb.de abrufbar.

© 2016 H. R. Ald

Alle Rechte vorbehalten

Herstellung und Verlag

BoD – Books on Demand, Norderstedt

ISBN 978-3-7412-3795-9

Für Jule.
*Ohne sie wäre diese Erzählung
nie entstanden.*

*Der größte Dank gehört meiner Frau Silke.
Durch ihre konstruktive Kritik
bekam die Geschichte
erst ein Gesicht.*

DIE SEELE KANN OHNE EINEN LEBENDEN KÖRPER NICHT EXISTIEREN

ARISTOTELES

Die Hauptfiguren:

Joschi
Bruno Goeth
Uta, seine Frau (†)
Kristin, die Tochter
Thorsten Kessler, Kristins große Liebe
Majbrit Larssen, Brunos Nachbarin in Klitmøller
Theis Sørensen und seine Frau Astrid

VORGESCHICHTE

Sechzehn Monate früher...

Er lag da.

Regungslos.

Es gab eine Zeit, in der sein Körper ein schimmerndes Fell besaß. Wo seine schwarzen, glänzenden Augen neugierig die Welt erkundeten. Wo er gegen Menschen keinen Argwohn hegte, sondern blind vertraute.

Nun befand er sich in einem furchtbaren Zustand. Das ehemals weiche Fell war nur noch an wenigen Stellen vorhanden. Durch die glasige Haut konnte man das Skelett des Brustkorbs erkennen. Schlimm aber waren die Parasiten, mit denen der Körper förmlich übersät war.

Der Tod brauchte nicht mehr lange zu warten.

Spielende Kinder hatten ihn entdeckt. In einer verfallenen Scheune, die in der Feldmark stand. Weggeworfen wie den anderen Abfall, der überall herumlag. Das Schild ‚Betreten verboten' konnte nicht verhindern, dass sie ihn fanden. Wie Kinder halt so sind. Abenteuer lockten bei allem Unerlaubten.

Zufall.

Anzeichen gab es nicht. Selbst zum Winseln fehlte die Kraft. Aber er lebte. Gab es etwa eine höhere Bestimmung, um den Lebensplan einzuhalten?

Anfänglicher Ekel schlug um in Mitleid, als die Kinder bemerkten, dass dieses übel riechende Wesen noch atmete.

„Ich hole meine Mutter", sagte einer der älteren Jungen. Dann rannte er aus der Scheune.

Wenig später trugen sie das bemitleidenswerte Geschöpf zum Tierarzt. Die letzten Augusttage waren noch sehr warm. Vermutlich der Grund, warum das Tier überhaupt noch lebte.

Als Mitglied des Tierschutzvereins kannte die Mutter des Jungen den Besitzer der Scheune. Gemeinsam mit dem Veterinär, der den Hund sofort in die Tierklinik überführen ließ, sowie dem Ortspolizisten suchte sie den Landwirt auf. Er galt als starrköpfiger Eigenbrötler. Doch so eine Tat traute ihm niemand zu. Was sich auch bewahrheitete, denn der Mann war völlig ahnungslos. Verwies auf seinen eigenen Hund, den er überaus schätzte.

Als der Tierarzt das Untersuchungsergebnis aus der Klinik bekam, wurde klar, dass es sich offenbar um ein Testobjekt handelte, das für Experimente missbraucht wurde. Weshalb man es nicht unauffälliger entsorgt hatte, blieb vorerst ein Rätsel. Doch weitere Nachforschungen vervollständigten ein weitaus grausigeres Bild. Unter der Haut des Hundes wurden zahlreiche Kunststoffhülsen mit einem flüssigen Stoff festgestellt. Da die Hülsen aber versiegelt waren, überlebte er das Martyrium.

Warum sie ihm injiziert wurden, konnten die Ärzte nicht beantworten. Das sollte der Befund aus dem Labor klären.

„Biologische Kampfstoffe? Sprenggürtel? Was geht denn hier ab?"

Olaf Kehne ließ den Briefbogen mit den Notizen rasch auf den Schreibtisch gleiten, als sei er ebenfalls kontaminiert.

Der Beamte des Bundeskriminalamtes, der den Einsatz leitete, wirkte ungehalten. Nun wurde sein markantes Gesicht noch finsterer.

„Es ist ihr Bereich", brummte er. „Der Mann hätte ihnen doch auffallen müssen. Herrgott, dies ist doch keine Großstadt! Da baut ein einschlägig vorbestrafter Typ lebende Bomben und niemand kriegt's mit!"

Kehne war schon 30 Jahre Ordnungshüter in diesem verschlafenen Nest. Aber das hier überforderte ihn völlig.

Was mit dem Auffinden eines Hundes begann, erwies sich nun als absolutes Desaster. Ziemlich schnell kam heraus, dass ein Mann mittleren Alters der Besitzer war und mit weiteren Hunden in einem baufälligen Haus am Ende des Ortes lebte. Die Dorfbewohner tolerierten ihn, weil er dem Eigentümer der Behausung, ebenfalls einem ansässigen Landwirt, noch eine kleine Miete bescherte.

Der Mann wurde bei der Überprüfung nach der Festnahme durch das Mobile Einsatzkommando des BKA als psychisch abgedrehter Einzeltäter entlarvt. Triebfeder war seine radikale Überzeugung, die sich dann in kriminellen Handlungen äußerte.

„Und was passiert nun?" fragte Kehne.

Der BKA- Beamte kaute auf der Oberlippe.

„Heute trifft noch ein ABC- Abwehrtrupp aus Bruchsal ein und wird die Umgebung systematisch auf den Kopf stellen. Wir wollen ausschließen, dass dieser Bursche weitere Depots angelegt hat."

„Wo ist der denn jetzt?"

„Wird grad in Hamburg vernommen. Soviel ist klar: Er gehört keiner terroristischen Gruppe an."

„Und wie kam er an die Stoffe?"

Der BKA-Beamte drehte sich an der Tür des Dienstzimmers noch einmal um.

„Werden wir bald wissen. Ach, noch was zu diesem armen Hund. Der hatte jede Menge Schutzengel. Außerdem war wohl seine Größe nicht ausreichend für einen Sprengstoffgürtel und wurde deshalb entsorgt. Na, wie auch immer - er ist freigegeben und kommt ins Tierheim. Da päppeln sie ihn sicher wieder auf."

ar
GEGENWART

Kapitel 1

Donnerstag, 10. Dezember.
Hamburg.
Steffen und Maja Deppe bogen mit ihrem Auto in die Straße zum Tierheim ein. Als ehrenamtliche Gassigeher hatten sie den Nachmittag damit verbracht, ihrem Tierheim-Hund die Welt zu zeigen. Die Möglichkeit, sich auszulaufen, herumzuschnüffeln und mit anderen Artgenossen zu spielen, wurde von Joschi neben dem eintönigen Zwingeralltag dankbar angenommen.

Steffen fuhr in eine der Parkbuchten vor dem Haupteingang. Plötzlich hörten die beiden hinter sich ein knisterndes Geräusch. Begleitet von einem Lichtblitz, der den Innenraum des Wagens für Sekunden aufhellte.

„Was war denn das?"

Erschrocken wandte sich Maja um und schaute zum Kofferraum. Sie konnte jedoch nichts feststellen.

„Das kam doch von hier drinnen, oder?"

Steffen nickte.

„Klar, für 'ne Reflektion war's zu stark", brummte er und blickte in den Rückspiegel.

„Und dieses merkwürdige Geräusch! Richtig unheimlich. Aber Joschi scheint okay zu sein. Ich kann seinen Kopf sehen."

Das Pärchen erkannte jedoch nicht, dass er am ganzen Körper zitterte. Der Terrier hatte die Fahrt über nur in der Box gelegen. Bis ihn diese heftigen Empfindungen durchschüttelten und schlagartig seinen Überlebensinstinkt weckten.

Keiner der beiden Insassen hätte deuten können, was da gerade geschehen war.

Der 15. Dezember war ein grauer Dienstag in Lüneburg.

Nasskalt schlich der Winter heran und versetzte die Menschen in einen quälenden Dämmerzustand.

Weihnachten stand vor der Tür. Ein Fest, auf dass sich Bruno Goeth immer freute. Auch mit einundsechzig. Ihm gefiel die Harmonie, die sich in diesen Tagen wieder stärker entwickelte. Alle nahmen sich mehr Zeit für gute Gespräche. Auch wenn viele behaupteten, Weihnachten sei stressiger konnte das nicht bestätigen. Aber dieser Tenor kam hauptsächlich von denen, die mitten im Familientrubel steckten. Seine Tochter war erwachsen und wohnte schon lange nicht mehr zuhause.

Brunos Blick klärte sich. Die Versunkenheit hatte ihn einen Moment vergessen lassen, wo er sich befand. Die Friedhofskapelle war zwar beheizt, doch ein Frösteln ließ ihn schaudern.

"...Aber in unseren Herzen wird sie immer einen Platz behalten."

Die Worte des Pfarrers brannten sich in seinen Verstand. Erinnerten ihn an das furchtbare

Geschehen der letzten Wochen. Was anfangs so harmlos wirkte, zerstörte die Zukunftspläne zweier sich liebender Menschen. Verursachte brutal eine Hoffnungslosigkeit, die Bruno bis dahin völlig fremd war.

Nervös nestelte er an seinem Schal herum. Ihm wurde plötzlich komisch zumute. Jäher Schwindel drohte, ihm das Bewusstsein zu rauben. Doch bevor es dazu kam, umfasste die Tochter seine Hand und drückte sie sanft.

Kristin.

Bruno schaute in ihr hübsches Gesicht, dass seiner Frau Uta immer mehr ähnelte. Die Ausstrahlung der beiden Frauen hatte ihn immer mit Stolz erfüllt, wenn sie mal gemeinsam unterwegs waren. Was selten vorkam, seitdem die Tochter aus beruflichen Gründen nach Düsseldorf gezogen war.

Auch damals litt er unter der Trennung. Vergleichen ließ sich die Situation aber nicht, weil die Endgültigkeit fehlte.

Seine Gedanken schweiften ab. Zurück in das Krankenhaus, wo Uta vor knapp einer Woche die Augen für immer schloss.

Die letzten Stunden ihres Lebens hatte sie gekämpft. Für jeden Atemzug in dieser Welt war sie gegen das Unvermeidliche angetreten. Mit geschorenem Kopf hatte sie sich behauptet, um ihren geliebten Mann nicht zu enttäuschen. Wollte bei ihm bleiben, weil sie um sein Seelenheil bangte. Es schien, als sei ihr der eigene Zustand völlig egal.

Als er am vorigen Donnerstag zu ihr kam, war der Kampf verloren. Sie sah schrecklich aus. In der Nacht erlitt sie einen schweren Anfall, der ihr das letzte Quentchen Kraft raubte. Man gab ihr starke Schmerzmittel, deren Auswirkungen aber zu einer völligen Körperentleerung führte. Oft bäumte sie sich auf und schaute ihn wie eine Fremde an.

Ihr Geist war schon sehr weit entfernt.

Die Zeit, die er dann an ihrem Bett verbrachte, war endlos. Ein Wechselbad der Gefühle, in dem er keinen Ausweg mehr sah.

Am späten Nachmittag schien Uta endlich ein wenig Ruhe gefunden zu haben und wirkte sehr entspannt. Plötzlich riss sie die Augen auf. Starrte an das Fußende des Bettes und hob die knochigen Finger der rechten Hand.

"Wer ist das da?" fragte sie mit kaum vernehmbarer Stimme.

Bruno drehte sich um. Doch da war niemand. Als er sich Uta wieder zuwandte, sank sie in das Kopfkissen zurück. Dann folgten einige tiefe Atemzüge, bevor das Leben den geschundenen Körper verließ.

Ein Arzt und eine Krankenschwester kamen hinzu. Die Schwester löste behutsam Brunos Hand, die sich an Utas Unterarm festklammerte. Er weinte hemmungslos...

Die Gegenwart kehrte zurück. Kristin stupste ihn an und riss ihn aus seinen beklemmenden

Gedanken. Dann half sie ihm, von der Holzbank aufzustehen.

Nach dem Vaterunser verließ das Trauergeleit die Kapelle, um am Grab Abschied zu nehmen.

Bruno nahm die Prozedur wie durch einen Dunstschleier auf. Mit versteinerter Miene ließ er es geschehen. Er hatte keine Tränen mehr, die er vergießen konnte. Alles in ihm schien verloren.

Abgerufen in die Ewigkeit.

Dieser Zustand sollte Bruno noch über Tage begleiten.

Kristin hatte sich während der Zusammenkunft nach der Beisetzung entschuldigt. Eine wichtige Geschäftsreise nach Hamburg stand in ihrem Terminkalender. Es ging um sehr viel Geld. Da ihr Chef fest mit ihr rechnete, bekam sie nur für die Beerdigung ein paar Stunden frei.

Als die letzten Gäste das Haus verlassen hatten, sank Bruno in den Ohrensessel vor dem Kamin und vergrub das Gesicht in den Händen. Seine Augen brannten, als habe er zu lange in der Sonne gesessen.

Die Melancholie schleuderte ihn zurück in eine Zeit, in der alles in Ordnung war. Als seine Uta noch Lebensfreude in sich trug und ihn förmlich mitriss. Es konnte noch so schlecht laufen - Uta baute ihn in Sekunden wieder auf. Ihr Wesen war einfach hinreißend.

Wie war das damals, wo er als leitender Konstrukteur in der Autoindustrie einen Burnout bekam? Die Depressionen bis an den Rand seiner Existenz krochen und ihn mit achtundfünfzig in den Vorruhestand katapultierten? Wo sein Selbstwertgefühl buchstäblich den Bach herunterging? Stabil blieb nur die Bindung zu Uta. Auch wenn es nicht einfach war, schenkte sie ihm neuen Mut.

Unglaubliche Kraft ging von ihr aus. Übertrug sich und sorgte dafür, dass die kleine Familie unbeschadet aus der Sache herausfand. Nie aufgeben! Der Leitsatz einer Frau, mit der jeder Tag ein Geschenk war.

Das spürte er schon intuitiv, als er sie kennenlernte. Es passte einfach. Bei beiden waren Eigenschaften wie Treue, Zuversicht und absolute Ehrlichkeit hoch angesiedelt.

Wesenszüge, die sich auch auf Kristin übertrugen. Schon als Baby teilte sie das ihrem Vater mit. Ohne Worte. Allein durch Gefühle.

Bruno nickte unmerklich. Sein emphatischer Spürsinn hatte ihn aber auch schon oft in heikle Situationen geführt. Er nahm jeder Lüge die Fähigkeit, zu wirken. Grundlage war das Wirkliche, das sich in den Augen spiegelte.

Die Fenster der Seele.

In ihnen zu lesen wie in einem Buch, veranlassten viele seiner Bekannten, ihm mit Distanz zu begegnen. Wohl, weil sie sich ertappt fühlten. Oder spürten, ihm beim Rollenspiel des Lebens nichts vormachen zu können.

Von Heimlichkeiten hielt er überhaupt nichts. Sie waren etwas für Menschen, die an der Oberfläche schwammen. Je tiefer jedoch das Vertrauen zwischen sich liebenden Partnern entwickelt war, desto offener gingen sie miteinander um. Das hatte nun wahrlich nichts mit Kontrolle zu tun, wie viele meinten. Diese diente ausschließlich dem Misstrauen. Vertrauen dagegen hieß, alles, wirklich alles miteinander zu teilen. Ohne, dass der andere etwas befürchten musste. Deshalb hatten wahre Lebenspartner einzigartige, sehr persönliche Erlebnisse, die nur sie beide kannten.

Die Quelle des Glücks.

Es dämmerte. Die Tage waren kurz und dieser Umstand zermürbte zusätzlich.

Bruno machte das nichts. Im Gegenteil. Ein Gefühl der Abschirmung durch die Dunkelheit tauchte auf. Ließ ihn beschließen, seine Zukunft neu zu gestalten.

Sich zurückziehen. Von allen gesellschaftlichen Pflichten befreien.

Die schwermütigen Gedanken fraßen sich wieder in sein Bewusstsein, bis nur noch einer Platz fand:

Uta zu folgen.

Der Gong der antiken Barock- Standuhr ertönte elfmal.

Bruno ruckte hoch. Noch immer saß er im Dunklen. Hatte er geschlafen? Stunden waren mittlerweile vergangen. Dann bemerkte er, dass es nicht nur die Uhr war, die ihn weckte.

Das Telefon klingelte.

Beschwerlich stand er auf und rubbelte seinen rechten Arm. Er war gefühllos und kribbelte fürchterlich.

Auf dem Display erkannte er die Nummer von Kristins Handy.

"Wie geht es dir", fragte sie.

Bruno holte tief Luft, bevor er antworten konnte. Seine Stimme zitterte dennoch.

"Es geht schon, Kleines. Irgendwie muss es ja weitergehen."

"Ich fand schlimm, dass ich wegmusste, Paps", fuhr Kristin fort. "Aber es war wirklich sehr wichtig. Ich habe mit meinem Chef geredet. Hab ihm alles genau erklärt. Dass ich unbedingt ein paar Tage Auszeit brauche, um mich um dich zu kümmern. Ist ja eh Weihnachten. Er hat zugestimmt, wenn dies hier unter Dach und Fach ist. Übermorgen fahren wir wieder nach Düsseldorf zurück. Dann kann ich schon am Sonntag bei dir sein. Und ich bleibe erst mal. Na, was sagst du?"

Bruno spürte eine kleine Freude aufflackern. Sie breitete sich in seinem Körper aus wie ein starker Kräuterlikör.

"Das ist wirklich schön, Kind", antwortete er.

Kristin konnte sein Glücksgefühl förmlich wahrnehmen.

"Brauchst du noch was?"

"Nein, nein", erwiderte Bruno. "Hauptsache, du kommst bald. Ich freu mich wahnsinnig."

Er sah nicht, wie seine Tochter lächelte. Denn sie hatte einen Plan.

Als Bruno das Telefon in die Basis legte, kam die Verlassenheit zurück. So wuchtig, dass ihm wieder schwindelig wurde. Mittlerweile war es völlig dunkel geworden. Er tastete zum Lichtschalter und kniff die Augen vorsorglich zusammen. Dann nahm die indirekte Beleuchtung dem Wohnraum seine bisherige Diskretion.

Einsamkeit.

Was gab es schlimmeres, wenn man inniges Miteinander gewohnt war.

Wie schön doch die Möglichkeit, in Erinnerungen zu schwelgen. Sie wahrzunehmen, als ob sie noch existierten. Ein gutes Gefühl zu erzeugen, das einen wieder aufrichtete und Raum für neue Eindrücke schaffte.

Doch Brunos Wunden waren noch frisch. Konfuse Gedanken beherrschten ihn und führten wieder zu Kristin. Ihm wurde bewusst, dass sie der Stimulus seiner künftigen, inneren Kraft war. Ihre spürbare Liebe wirkte wie ein Katalysator. Kompensierte das furchtbare Geschehen.

„Denke an die schönen Momente mit Mama. Ihr hattet doch so viele. Sie würde es bestimmt nicht wollen, dass du dich so quälst", sagte sie, bevor sie ging.

Bruno atmete heftig ein und aus.

Kristin hatte recht. Wenn er nicht dagegen steuerte, gewann das Selbstmitleid. Eine Eigenschaft, die er seit dem Burnout hasste. Sie höhlte einen aus und schaffte es, zum Spielball des Schicksals zu mutieren.

Auch musste er gestehen, dass sie in seinem Bewusstsein bereits den Platz ihrer Mutter eingenommen hatte. Und der Wunsch, sie in die Arme zu schließen, immer größer wurde.

Kapitel 2

Kristin wollte sich nicht mehr aus der Umarmung lösen.

„Wie kommst du denn hierher?"

Thorsten Kessler schaute sie mit seinen braunen Augen an. Da war sie wieder. Diese Gelassenheit, die aber keinesfalls arrogant wirkte.

Er lächelte verschmitzt.

„Ich konnte dem, was sie mir als ausgebildeter Tierpfleger anboten, einfach nicht widerstehen. Die Richtung stimmte, das Gehalt auch - da hab ich halt zugegriffen."

Er arbeitete als Assistent der kaufmännischen Leitung des Tierheims. Was hieß: ein Mann für alle Fälle. Ein Allroundjob, der auch für Vermittlungen und Patenschaften zuständig war, ebenso für Neuzugänge und Auslandsimporte von gefährdeten Tieren. Außerdem teilte er sich mit weiteren Assistenten die Verantwortung für alle innerbetrieblichen Probleme im Heim.

Kristin schmunzelte.

Immer noch der Gleiche, dachte sie. Enthusiasmus war sein zweiter Vorname.

Ihre Gedanken irrten in die Zeit zurück, die sie als Paar miteinander verbrachten. Wie aus einer engen Freundschaft plötzlich Liebe wurde. Sie sich verloren in bunten Zukunftsträumen. Von einer Glückseligkeit in die andere taumelten. Das Kribbeln im Bauch nie aufhörte, wenn sie sich sahen. Dann, nach über zehn Monaten, dieser furchtbare Streit, der alles veränderte. Eifersucht konnte so verheerend sein.

„Glaub mir, ich werde dich immer lieben", sagte er, als er ging. Doch sie war eine Goeth. Erzogen nach strengen Maßstäben.

Hätte er doch nur ihre Sturheit besser eingeschätzt. Aber das Jungsein hinderte ihn, besonnen damit umzugehen.

Den Wert eines Baumes erkennst du erst dann, wenn er gefällt ist, warf sie sich immer wieder vor.

„Und was treibt dich nach Hamburg?"

Thorstens Worte rissen sie aus den Erinnerungen.

„Mein Job. Das hier ist aber privat. Ich suche einen Hund für meinen Vater."

„Warum macht er das nicht selbst?"

Kristin kannte seine Aversion für lebende Geschenke.

„Meine Mutter ist vor einer Woche gestorben. Er wäre dazu gar nicht fähig."

Thorsten schluckte und dachte an das herzliche Verhältnis zu Uta. An all die Gespräche, die sie geführt hatten. Dann nahm er Kristin in den Arm.

Schweigend.

Es war seine Art, mitzufühlen.

„Kein guter Zeitpunkt für einen Weggefährten", murmelte er.

Sie löste sich aus der Umarmung und blickte ihn beschwörend an.

„Du weißt sicher noch, wie vernarrt er in Hunde ist. Den Tod von unserem Benji konnte er nie richtig überwinden und hat ständig beteuert, dass er sich wieder einen neuen anschaffen möchte."

„Man sagt viel, wenn alles in Ordnung ist."

Kristin bemerkte seinen Anflug von Ärger. Aber so war er. Immer grad heraus. Mit Diplomatie tat er sich schwer.

„Ich habe fürchterliche Angst um ihn", fuhr sie fort. „Er ist sehr schwermütig geworden. Ihn allein in dem Haus zu wissen, macht mir Sorgen. Ich glaube, grad jetzt ist der Zeitpunkt genau richtig, ihm diese Verantwortung zu übertragen. Dann wird seine finstere Stimmung vielleicht wieder umschlagen."

Der Tierpfleger seufzte hörbar. Irgendwie gab er Kristin Recht. Er kannte ihren Vater und seine lebensfrohe Art. Sie waren immer prima miteinander ausgekommen. Mochten sich auf

Anhieb und hatten ausgiebige Diskussionen über Hunde geführt. Bruno gab ihm nie das Gefühl, der Vater seiner Freundin zu sein. Er legte eher Wert darauf, ihm auf Augenhöhe zu begegnen.

„Also gut", sagte er nach einer Weile. Irgendwie fühlte er sich auch verpflichtet, etwas von der damaligen Fairness zurückzugeben. „Aber versprich mir, falls es nicht funktioniert, dass du dich um das Tier kümmerst."

Sie stutzte. Ein hohes Risiko. Darüber hatte sie sich noch keine Gedanken gemacht. Thorsten sah es ihr an.

„Wir reden hier doch von Leben, mein Schatz", entgegnete er mit ernster Miene. „Eine Rückgabe ist da eigentlich nicht drin. Nur im Notfall."

Dann ergriff er ihre Hände.

„Folgender Vorschlag. Wir schauen jetzt nach einem Hund, von dem ich meine, dass er passt. Dann kommst du mit deinem Vater hierher und wir machen die beiden miteinander bekannt. Das

Ganze ist etwas aufwendig, aber bestimmt effektiver. Was hältst du davon?"

Ein gutes Angebot.

Damit war ein möglicher, negativer Ausgang ihres Vorhabens fast ausgeschlossen. Überdies würde ihrem angeschlagenen Vater eine Tagesreise bestimmt guttun. Das Wichtigste aber war, Thorsten wieder zu sehen.

Drei Fliegen mit einer Klappe!

„Okay, so machen wir's", sagte sie.

Wenig später führte sie der Freund durch das Hundeareal.

„Wir kommen jetzt in das Hundehaus zwei", erklärte er. „Hier sind die sogenannten Kategoriehunde untergebracht. Langzeitinsassen. Hier herrscht wesentlich mehr Ruhe und die Tiere sind vor neugierigen Besucherblicken geschützt. Dieser Bereich ist ausschließlich für unsere Mitarbeiter zugänglich."

„Was sind denn Kategoriehunde?"

„Kritische Hunde, die aber den Wesenstest bestanden haben. Sie benötigen besondere Fürsorge und dürfen nur in verantwortungsvolle Hände vermittelt werden. Bis auf einen…"

„…Und das ist Joschi."

Kristin schaute durch die Gitterstäbe in ein Paar neugierig blickende Knopfaugen eines Terrier- Mischlings. Ein wuscheliger Bursche mit Fell, das an einigen Stellen wesentlich dünner bewachsen war. Friedlich beobachtete er die beiden Ankömmlinge.

„Joschi hat eine furchtbare Zeit hinter sich", sagte Thorsten. „Als er zu uns gebracht wurde, wussten wir nicht, ob er überhaupt durchkommt. Sie hatten ihn in einem kleinen Ort im alten Land gefunden. Misshandelt von einem Kriminellen und danach weggeworfen wie Müll! Eine Riesenschweinerei!"

Er griff in die Brusttasche seines Blousons und zog ein kleines Ledermäppchen heraus.

„Das Foto, was ich damals von ihm gemacht habe, trage ich immer bei mir."

Es war schon etwas zerknittert, doch Kristin konnte deutlich erkennen, was er meinte. Ihn jetzt zu betrachten, gab ihr das Gefühl, zwei verschiedene Hunde zu sehen.

„Großer Gott!" entfuhr es ihr. „Wer kann denn so was tun?"

„Das willst du nicht wissen", sagte der Tierpfleger und räusperte sich. „Fakt ist jedenfalls, dass er sich bei uns prächtig erholt hat. Er war immer noch sehr scheu, aber vor ein paar Tagen beim Gassigehen bekamen seine Augen einen seltsamen Glanz. Als ob das Leben vollständig zurückkehrte. War sonderbar. Fand ich jedenfalls."

Er wandte sich dem Zwinger zu und schob die Hand durch das Gitter. Kristin erkannte die Leckerlis, als er sie öffnete.

„Joschi, komm zu mir!"

Der Terrier blieb noch sekundenlang sitzen, sprang dann aber auf und kam rasch auf die beiden zu. Ein schönes Tier, fand Kristin. Das weiße Fell am Kopf und den hängenden Ohren ging über in braune Strähnen. Die wiederum änderten sich in ein graumeliertes Schwarz, das den gesamten Körper bedeckte. Nur die Beine waren bis zu den Pfoten herunter wieder weiß mit beigefarbenen Strähnchen.

Hastig fraß er das hingehaltene Futter aus der Handfläche. Dann sprang er ans Gitter. Thorsten streichelte seinen Kopf.

„Er ist wirklich ein ganz lieber Kerl", erklärte er dabei. „Und ich schätze, dein Vater und er werden sich gut verstehen. Beide haben was aufzuarbeiten. Und jeder wird die Zuneigung des anderen dankbar entgegennehmen."

Kristin lächelte. Auch sie war sicher, dass es klappen würde.

Was sie und Thorsten durch das Gespräch nicht wahrnahmen, war das klagende Winseln von Joschi, das seine Erregung ausdrückte. Außerdem hatten sich seine Pupillen stark erweitert, was nur bei Freude und positiver Erwartung stattfand. Es schien, als wusste er genau, wovon die beiden sprachen.

Kapitel 3

„Und du bleibst wirklich über Weihnachten, Kind?"

Bruno holte tief Luft. Seine blutunterlaufenden Augen füllten sich erneut mit Tränen. Diesmal vor Glück.

„Dann brauchen wir auch einen Baum", fügte er hinzu, zog ein Taschentuch heraus und schnäuzte sich geräuschvoll.

Kristin schaute ihren Vater an. Er benahm sich wie früher. Sie wusste, wie sehr er Weihnachten mochte. In dieser momentanen Stimmung war es vielleicht angebracht, ihn zu überrumpeln..

„Magst du mit mir morgen nach Hamburg fahren?", fragte sie vorsichtig.

Bruno blickte erstaunt hoch.

„Nach Hamburg? Warum? Ist das nicht ziemlich weit?"

„Lass dich überraschen, Paps. Wir fahren nur eine knappe Stunde. Ich hab' mir da was ausgedacht. Etwas sehr Schönes. Nur für dich. Würdest du?"

Er spürte die Ungeduld seiner Tochter.

„Das werde ich wohl in meinem straff geführten Terminplan noch unterbringen können", erwiderte er mit einem spöttischen Lächeln.

Kristin lief auf ihn zu, umarmte ihn und drückte ihm einen Kuss auf die Wange.

„Du wirst es nicht bereuen", sagte sie. „Ganz sicher nicht!"

Am nächsten Morgen frühstückten sie zusammen. Kristin konnte merken, wie ihr Vater es genoss, nicht allein zu sein. Er war wie umgewandelt. Erzählte viel und kam auch auf das Thema Hund.

„Ich habe in den letzten Tagen sehr viel Zeit gehabt, nachzudenken. Weißt du, meine Eltern konnten sich ein Leben ohne Hunde nicht vorstellen. Das hat mich geprägt. Dadurch lernte ich ziemlich früh, Verantwortung zu übernehmen und habe es an dich weitergegeben. Deine Mutter hat mir mal erzählt, dass Benji ein wichtiger Bestandteil deiner Kindheit war. Sozusagen der Ersatz für Geschwister, was ja leider nicht mehr klappte. Er war genauso ein Familienmitglied wie wir. Und wenn es nicht so gewesen wäre, hätte er sich bestimmt schon früher verabschiedet. 14 Jahre sind für diese Rasse ein salomonisches Alter. Glaub mir, er hat uns beiden auch viele Glücksmomente geschenkt."

Bruno geriet ins Schwärmen. Es war ihm anzumerken, wie sehr ihn der Wunsch nach einem neuen Hund beschäftigte. Trotz aller Trauer. Oder vielleicht gerade deshalb.

Genauso hatte es sich die Tochter vorgestellt und ihm aufmerksam zugehört.

‚Was für ein Zufall, dass er grad jetzt davon spricht, dachte sie zufrieden. Die Punkte gingen zweifellos an Joschi.

Jetzt brauchte nur noch die Chemie zwischen Hund und Herrchen zu stimmen.

Drei Stunden später lenkte Kristin ihren beigefarbenen Minivan in eine freie Parklücke gegenüber vom Tierheim. Sie war froh über das milde Wetter. Schnee hätte die Aktion sichtlich erschwert.

Thorsten hatte sie bereits informiert. Schließlich war es seine Idee und durfte nicht abwesend sein.

Als sie das Telefongespräch beendete, stand Bruno hinter ihr.

„Warum hast du mir nicht gesagt, dass es um einen Hund geht?" fragte er und zog ein grimmiges Gesicht. Doch sie merkte rasch, dass er die Kränkung nur vortäuschte.

„Auf der Fahrt hätt' ich's dir erzählt. Großes Ehrenwort! Gib zu, du freust dich riesig, oder?"

Es stimmte. Der Gedanke daran gab ihm ungeheuren Auftrieb. Er konnte es kaum erwarten. Auch dass er Thorsten wieder traf, fand er gut. Der Junge war in Ordnung.

Nun starrte er durch die Windschutzscheibe auf das große Schild neben dem Eingang des Tierheims.

„Weißt du eigentlich, wie dankbar ich dir für diesen Ausflug bin?"

Kristin griff nach seiner Hand und streichelte sie zärtlich. Wie gut sie ihren Vater doch kannte. War er es doch gewesen, der dieses Selbstvertrauen vermittelte, nie an seinen Absichten zu zweifeln.

„Für so einen Schritt hätte ich einfach noch nicht den Mut gehabt", ergänzte Bruno. „Du hast ihn, weil du was Besonderes bist. Wie deine Mutter."

Wenig später betraten die beiden den Empfangsraum. Hinter dem geteilten Tresen, vor dessen Mitte ein großer Topf aus Keramik mit einem Drachenbaum stand, saßen zwei nette junge Damen.

Kristin fragte nach Thorsten. Doch die Antwort erledigte sich durch sein zeitgleiches Eintreffen von selbst. Nach der Begrüßung, die auch bei den Männern sehr herzlich ausfiel, machte Thorsten den Vorschlag, gleich in das Auslaufgelände neben Joschis Zwinger zu gehen, wo der Hund bereits wartete.

Bruno war einverstanden. Seine Anspannung erreichte den Höhepunkt. Er fing sogar leicht an zu schwitzen. Jetzt hätte er gern mal seinen Blutdruck gemessen.

„Fabelhaft! Ein prächtiger Bursche!" Bruno freute sich wie ein kleiner Junge. Es war Liebe auf den ersten Blick.

Joschi lief auf dem Gelände herum. Neben einer Reihe von Autoreifen, die vor einem kleinen Hügel lagen, fand er einen bunten Stoffknoten. Er schnappte danach und trug ihn an eine sichere Stelle. Vergnügte sich ausgiebig mit der Beute, bis er die drei Menschen bemerkte, die gerade das Gelände betraten. Mit kurzem, freundlichen Bellen und der Erwartung auf ein Leckerli hieß er sie willkommen.

Thorsten gab ihm die geforderte Belohnung und streichelte ihn.

„Mit Speck fängt man nicht nur Mäuse", meinte er grinsend. „Hast du doch immer gesagt."

Er griff in die geräumige Seitentasche seines Blousons.

„Ich gebe dir jetzt eine Handvoll von dem Futter, Bruno. Du hast doch sicher nichts mit. Dann lassen wir euch beide allein. Okay?"

Bruno nickte, ließ den Terrier nicht aus den Augen. Irgendetwas faszinierte ihn an dem Tier. Aber was, konnte er nicht bestimmen. Auch Joschi taxierte ihn aufmerksam. Beide machten den Eindruck, als seien sie sich nicht fremd.

Positiver Einstieg, dachte Kristin und drehte sich zu Thorsten um, der gerade die Pforte zum Gelände schloss. Dann blieben sie noch eine Weile am Gitterzaun stehen.

„Nun sieh dir das bloß mal an!"

Kristin konnte den Blick nur schwer abwenden. Ihr Vater hatte sich auf einen Baumstamm gesetzt. Joschi war an seine Seite gesprungen und platzierte den Kopf auf Brunos Oberschenkel. Dabei winselte er und schaute sein künftiges Herrchen beharrlich an. Als ob er ihm etwas mitteilen wollte.

Bruno war leicht irritiert. Er konnte dieses Verhalten nicht so richtig einordnen. Schon früh musste er schmerzhaft kennenlernen, dass Hunde eine gewisse Individualdistanz beanspruchten, wenn sie jemanden nicht kannten. Ein solch spontanes Zutrauen hätte er selbst in den kühnsten Träumen nicht erwartet. Es mobilisierte ein Gefühl, dass er glaubte, durch die Schicksalsschläge verloren zu haben – innere Harmonie.

Thorsten war ebenso beeindruckt.

„Ich sag ja, mit Joschi ist was passiert. Seit ein paar Tagen ist er wie ausgewechselt. Ist schon gespenstisch. Aber gut. Die beiden kommen klar. Was sagst du?"

Kristins Gesicht strahlte, als sie sich ihm zuwandte.

„Du hast genau den Richtigen ausgesucht", bekannte sie. „Dafür bin ich dir unendlich dankbar. Was machst du eigentlich Weihnachten? Oder ist die Frage zu persönlich?"

Selbst über diesen Vorstoß überrascht, war sie trotzdem neugierig, wie er reagierte.

Thorsten kratzte sich abwägend hinter dem rechten Ohr, während er antwortete.

„Keinesfalls. Ich wollte die Feiertage nur allzu gern mit einer Freundin verbringen, die ich sehr liebe."

Ihr Atem stockte einen Moment, bevor sie sein schelmisches Lächeln richtig deutete.

„Heißt das, du würdest..."

Bevor sie aussprechen konnte, zog er sie spontan an sich heran und küsste sie zärtlich.

Kapitel 4

Nach den Formalitäten der Vermittlung übergab Thorsten dem immer noch aufgeregten Bruno eine Hundeleine und den Gurtadapter für das Auto.

„Das Geschirr und den Adapter nehme ich Weihnachten wieder mit. Im PKW wäre eine Box sowieso viel sinnvoller. Aber das brauche ich dir ja nicht zu sagen, Bruno. Die Leine ist ein Geschenk. Dann, denke ich, haben wir alles."

Er überreichte Kristin mit innigem Blick die Unterlagen. Ihre Empfindungen wurden wieder stärker. Unglaublich, was dieser Mann für intensive Gemütsbewegungen bei ihr auslöste.

Kurz darauf verließen sie das Tierheim.

Während Bruno den Terrier auf dem Rücksitz befestigte, ergriff Thorsten Kristins Hände und schaute ihr tief in die Augen.

„Glaub mir, ich freue mich riesig auf Weihnachten mit euch", gestand er. „Die beiden letzten Jahre waren furchtbar. Gemütlichkeit und alles – es fehlte mir einfach. "

Nun wusste sie endlich, dass seine Worte ehrlich gemeint waren, als er damals ging. Nie wieder würde sie an ihm zweifeln.

Als sie in die Garageneinfahrt fuhren, war es bereits dunkel.

Heute ist ja auch der kürzeste Tag des Jahres, dachte Kristin.

Doch ihr Vater erweckte nicht den Eindruck, als ob es ihn groß belastete. Er hatte unterwegs viel geredet. Wohl, um seine innere Unruhe herunterzuspielen und die letzten Reste seiner Lethargie zu vertreiben.

Bald darauf führte er Joschi in sein neues Heim. Als er ihn von der Leine befreite, schaute sich der Terrier kurz um, machte eine Kehrtwendung und rannte, ohne zu zögern, die Wendeltreppe hinauf.

Bruno schaute ihm verblüfft nach. Konnte durch das Geländer beobachten, wie er im Schlafzimmer verschwand.

Er wollte ihm gerade folgen, als Kristin von draußen kam und die Papiere auf den Esstisch legte.

„Komm mal schnell mit!" zischte Bruno und ging mit hastigen Schritten zur Treppe. Seine erstaunte Tochter folgte ihm.

Die Schlafzimmertür stand ständig einen Spalt offen. Joschi hatte sie aber nun ganz geöffnet.

Neugierig ging Bruno in den Raum und blieb ruckartig stehen. Kristin konnte erkennen, wie sich sein Körper versteifte.

Als sie über seine Schulter blickte, erschrak sie ebenfalls.

Joschi war auf Utas Bett gesprungen und hatte sich hingelegt. Durch die Anwesenheit der beiden blickte er jetzt hoch und verharrte, ohne sie aus den Augen zu lassen. Dabei gab er wieder dieses klagende Winseln von sich.

Kristin bekam unwillkürlich eine Gänsehaut.

„Woher wusste dieser Hund, wo das Schlafzimmer ist?" hörte sie ihren Vater sagen.

Kristin fing sich wieder. Das konnte alles nicht sein. Wahrscheinlich suchte Joschi nur nach einem geeigneten Schlafplatz und folgte seinem Instinkt.

Nun galt es, ihren Vater zu beruhigen.

„Zufall, Paps", entgegnete sie mit überzeugendem Unterton. „Hunde haben eine Schwäche für Betten und können sie schon meilenweit riechen."

Bruno stand immer noch wie angewurzelt. Sein Bauchgefühl sagte etwas anderes. Worauf er sich bislang immer verlassen konnte.

Deshalb antwortete er nicht. Für ihn stand fest: Er wollte der Sache, die ihm bereits im Tierheim aufgefallen war, auf den Grund gehen.

Zwei Tage später.

Gegen 18 Uhr klingelte Kristins Handy. Thorsten meldete sich.

„Bin gleich da", erklärte er. „War nur noch kurz in der Stadt."

Kristin kannte ihn fast so gut wie ihren Vater. Sie wusste genau, dass er nie ohne Blumen auftauchte. So etwas saß einfach. Verankert im

Charakter. Außerdem war morgen Heiligabend. Vielleicht hatte er auch noch etwas besorgt.

„Wir freuen uns auf dich", sagte Kristin und legte auf. Sie musste lächeln. Obwohl Thorsten so berechenbar war, wurde es nie langweilig mit ihm.

Sie erschrak ein wenig vor sich selbst. Auf einmal bedeuteten ihr Dinge etwas, die sie in ihrer Partnerschaft kaum wahrgenommen hatte. War das der Preis, den man häufig in einer dauerhaften Beziehung bezahlte? Zurückgehende Achtung? Jeder Tag sollte doch ein kostbares Geschenk sein, das viele nie erhielten.

Die Haustür fiel ins Schloss. Joschi kam um die Ecke des Windfangs gerannt und sprang an ihr hoch. Bruno folgte, während der Hund zum Futternapf neben dem Kamin lief.

„Ganz schön frisch geworden", sagte Bruno und legte die Leine auf die Kaminbank. „Wann kommt Thorsten eigentlich?"

„Ist schon unterwegs", antwortete Kristin. Sie schaute unwillkürlich zum großen Blumenfenster, in dem ein Scheinwerfer reflektierte. „Da kommt er grad."

Bevor sie jedoch zur Tür gehen konnte, wurde sie von dem erschreckten Ausruf ihres Vaters gebremst.

„Ich werde noch verrückt! Schau dir das an!"

Joschi stand mit dem Futternapf in der Schnauze vor ihm und blickte ihn fordernd an. Dabei knurrte er leise.

Bruno beugte sich fassungslos zu ihm herunter.

„Das hat Uta vor Jahren Benji beigebracht", schluchzte er und sah Kristin verzweifelt an. „Sie war da damals sehr stolz drauf!"

„Entschuldigt mich bitte."

Nach dem Abendessen stand Bruno auf, ging hinüber zum Sessel vor dem prasselnden Kamin und legte die Beine auf den Hocker. Dann blickte er müde in die unruhigen Flammen.

Das merkwürdige Verhalten von Joschi beschäftigte ihn derart, dass er momentan kein guter Gesprächspartner war.

Kristin hatte er gebeten, Thorsten noch nichts davon zu erzählen. Zwar hatten sie sich während des Essens angeregt unterhalten. Aber die beiden Episoden blieben unerwähnt. Bruno befürchtete, dass ihn der angehende Schwiegersohn für zu überdreht hielt, um sich einen Hund zu halten. Selbst bei seiner Tochter wurde es ihm schon peinlich. Versteckte sich etwa hinter diesen flüchtigen Ereignissen die mangelnde Bereitschaft, Utas Tod zu akzeptieren?

Noch während er gedanklich alle Möglichkeiten durchspielte, überwältigte ihn bleierne Müdigkeit.

Thorsten schaute zu ihm hinüber. Bemerkte, wie er einschlief.

„Was ist los? Er benahm sich so seltsam. Kenn' ich gar nicht von ihm", murmelte er.

Auch Kristin warf ihrem Vater einen Kontrollblick zu, bevor sie antwortete.

„Eigentlich sollte ich dir nichts davon sagen. Aber was da passiert, macht mir wirklich Sorgen."

Sie erzählte Torsten mit verhaltener Stimme von den Erlebnissen der letzten Tage.

„Und wie siehst du das?" fragte er.

„Ich denke, das sind alles Zufälle, in die Paps seine Wünsche hineinprojiziert. Hoffentlich verfestigt sich das nicht bei ihm."

Thorsten nickte.

„Stimmt. Der Tod hinterlässt immer tiefe Spuren. Und wenn in dieser Zeit Dinge passieren, die mysteriös erscheinen, bringt ihr sie zwangsläufig mit Uta in Verbindung. Wir Menschen sind halt so. Der Prozess eines allmählichen Abschieds."

Kristin hatte ihm aufmerksam zugehört. Nun blickte sie ihn liebevoll an und griff nach seiner Hand.

„Weißt du eigentlich, dass du ein hochsensibler und wunderbarer Mann bist? Sowas sollte man sich unbedingt warmhalten."

Thorsten zog lächelnd die Augenbrauen hoch, beugte sich herüber und gab Kristin einen Kuss.

„Und du willst wirklich im Gästezimmer schlafen?", fragte sie mit einem kessen Seitenblick.

Beide merkten nicht, dass Joschi dem Gespräch wachsam gefolgt war. Erst dann legte er sich zufrieden auf die Seite.

Kapitel 5

Heiligabend. Zehn Uhr dreißig.

Bruno hatte tatsächlich noch ein winziges Nadelbäumchen organisiert. Woher, blieb sein Geheimnis.

Belustigt schauten Kristin und Thorsten zu, als er das Bäumchen auf dem kleinen Rauchtisch aufstellte, den Karton mit dem Baumschmuck hervorholte und anfing, es zu dekorieren.

Joschi steckte neugierig seine Schnauze in den Karton, ließ dann aber davon ab und setzte sich rasch hin. Forderndes Winseln ließ Bruno wissen, dass er raus musste.

„Könnt ihr vielleicht…?" fragte er und drehte sich um. Doch durch die Weihnachtslieder aus dem Radio war ihm entgangen, dass die beiden schon weg waren. Sie wollten noch rasch einige Besorgungen machen. Wenigstens das hatte er mitbekommen.

„Na, komm", murrte er und ging zur Terrassentür. Sekunden später sprang Joschi zwischen den Pflanzkübeln auf den Rasen und rannte über die Wiese.

Da das Grundstück der Goeths von einem dichten Zaun umschlossen war, war Bruno sicher, dass der Hund nicht auf die Straße laufen konnte.

Deshalb setzte er sich auf einen Stuhl der Essecke und wartete auf seine Rückkehr.

Trotz der momentanen Zufriedenheit musste er wieder daran denken, wie oft Uta und er in lauen Sommernächten über den gemeinsamen Lebensabend gesprochen hatten. An die Pläne, die sie schmiedeten. Und die vielen Glückssterne, die auf der Terrasse über ihnen funkelten.

Bruno holte tief Luft und wandte sich wieder dem Rasen zu. Doch Joschi war nicht zu entdecken.

Er rief nach ihm. Da die Seite, wo das kleine Häuschen mit den Gartengeräten stand, nicht einsehbar war, stand er auf und ging bis zur Terrassengrenze vor.

Rief noch einmal. Etwas lauter.

Nichts.

Bruno wusste, dass Terrier sehr stur sein konnten. Aber Joschi durfte seine Sanftmut nicht zu arg strapazieren. Er war ein Hund. Und der hatte zu gehorchen. Damit es in Notsituationen kein böses Erwachen gab. Also machte er sich auf, ihn zu tadeln.

An dem Gerätehäuschen angekommen, rief er abermals. Diesmal jedoch markanter. Plötzlich vernahm er ein Scharren von der anderen Seite des Häuschens. Es war mit einem schmalen Kiesbett umrandet. Er selbst hatte es seinerzeit angelegt, um die Wände vor dem Oberflächenwasser zu schützen.

Als Bruno dem geräuschvollen Kratzen folgte, wurde er richtig wütend. Das ging ja gar nicht! Er bog um die Ecke, an der eine kleine Regentonne stand und blickte zu Joschi hinüber, der gerade etwas aus seinem gebuddelten Loch im Kiesbett zog. Es sah aus wie eine Flasche, die total verschmutzt war.

„Was machst du denn?" rief er aufgebracht und wollte seinem Hund die Beute abnehmen. Doch Joschi sprang zu Seite und rannte an ihm vorbei.

„Gib das sofort her!" schnauzte Bruno. Zum Spielen verspürte er jetzt überhaupt keine Lust. Ihm war kalt. „Was ist das überhaupt? Los, gib!"

Joschi war stehengeblieben, neigte den Kopf zur Seite und schaute ihn an. Er spürte wohl, dass Bruno die Geduld verlor, kam auf ihn zu und ließ den Gegenstand fallen. Es war tatsächlich eine Flasche. Ohne Etikett.

Bruno hob sie auf. Wischte sie über den Rasen, so dass ein Blick auf ihr Inneres möglich wurde. Etwas glitzerte im trüben Glas.

Plötzlich durchzuckte Bruno die Erkenntnis, was er da in der Hand hielt. Tiefe Verzweiflung überkam ihn. Seine Stirn drohte zu platzen.

„Heiliger Himmel", stöhnte er. „Hilf mir bitte!"

Als Kristin und Thorsten von ihrem Einkauf zurückkamen, spürten sie bereits im Windfang den kalten Luftzug.

„Was ist denn hier los?"

Kristin schaute auf den kleinen Weihnachtsbaum, der halb geschmückt auf dem Tischchen stand. Davor der geöffnete Karton mit den Dekoartikeln.

Dann bemerkte sie die offene Terrassentür. Von ihrem Vater und Joschi war jedoch nichts zu sehen.

Sie erschrak.

„Gott, da wird doch nichts passiert sein!"

Durch ihre unüberhörbaren Äußerungen kam Thorsten aus der Küche gelaufen, wo er schnell die frischen Lebensmittel verstaut hatte. Sein Blick fiel an Kristin vorbei auf den Rasen.

„Da sind sie! Aber irgendwas stimmt nicht!"

Bruno kam mit schwankenden Bewegungen über den Rasen. Joschi ging brav bei Fuß und schaute unentwegt zu seinem Herrchen hoch.

Kristin rannte auf die Terrasse, gefolgt von Thorsten. Im gleichen Moment sahen sie, wie Bruno einknickte und hinfiel.

„Das ist ernst", rief Thorsten. „Ruf den Notarzt!"

Dann sprintete er los.

Bruno schwebte. Er fühlte keinen Körper. Alles war so angenehm leicht und wurde von hellem Licht bestrahlt. In weiter Ferne türmte sich eine bogenförmige Wolkenformation auf, in denen unzählige Menschen verschwanden. Anstelle ihrer Gesichter trugen sie glatte Masken, die ihnen etwas Unpersönliches, Anonymes verliehen.

Der Versuch jedoch, diesen Personen näher zu kommen, scheiterte. Stattdessen formte sich aus den Wolken plötzlich die Silhouette eines riesigen Kopfes, der das helle Licht absorbierte. Dann hörte er eine Stimme. Erst kaum hörbar, dann aber immer lauter werdend.

„Hören sie mich… Herr Goeth, hören sie mich… Kommen sie zu sich…!"

Bruno schlug die Augen auf und schaute in ein verschwommenes Gesicht, dass er nicht kannte. Hinter dem Fremden tauchte ein weiterer, ebenfalls fremder Mann auf.

„Nehmen wir ihn mit?", fragte dieser.

Brunos Blick fokussierte sich vollends. Er erkannte die roten Jacken mit den Reflexstreifen und versuchte, sich aufzurichten. Doch es fiel ihm sichtlich schwer.

Das große Gesicht entpuppte sich als Notarzt. Er lächelte erleichtert.

„Kommen sie, ich helfe ihnen", sagte er. „Sie hatten einen Schwächeanfall, Herr Goeth. Aber das wird wieder."

Nachdem er wieder auf den Beinen stand, übergab ihn der Arzt der Obhut von Kristin, die das Geschehen besorgt verfolgt hatte.

„Wir haben ihm eine Aufbauspritze verabreicht", sagte er abschließend im Haus. „Aber bitte sorgen sie dafür, dass er nach Weihnachten zum Arzt geht. War wohl wirklich alles ein bisschen viel für ihn. Wie sie schon sagten."

Kristin nickte heftig. Thorsten, der neben ihr stand, legte seinen Arm um sie. Er merkte deutlich, wie angespannt sie war.

Bruno saß mit hoch gelagerten Beinen im Sessel. Immer noch etwas benommen, kehrte das Erlebnis im Garten zurück.

„Wo ist sie?", fragte er.

Kristin drehte sich zu ihm um. Hatte Angst davor, was er meinte. Kam der Verlustschmerz wirklich so wuchtig zurück, obwohl sein Gemütszustand in den letzten Tagen sehr stabil schien? Sie befürchtete es bereits, als er sich am gestrigen Abend zurückzog.

„Wen meinst du?", fragte sie mit leicht zitternder Stimme und griff fürsorglich nach seiner Hand.

„Na, die Flasche, die Joschi gefunden hat. Wo ist sie?"

Erleichtert blickte Kristin zu Thorsten, der sich umgehend auf den Weg machte.

Kapitel 6

Als er zurückkam und Bruno die Flasche übergab, merkte er, wie dieser erneut nach Luft rang.

Kristin sah es und strich ihm sanft über die Wange.

„Was ist los, Paps? Erzähl es uns. Bitte!"

Ihrem Vater fiel es sichtlich schwer, erklärende Worte zu finden. Immer wieder musste er unterbrechen. Nach einer längeren Pause begann er zu reden.

„Es war an dem Tag, an dem ich das Kiesbett um das kleine Gartenhäuschen anlegte. Du warst, glaube ich, erst einige Wochen in Düsseldorf. Deine Mutter fand es ziemlich lustig, weil sie meine Angst, das winzige Gebäude könnte unter Wasser stehen, für überzogen hielt. Ich ließ mich aber nicht davon abbringen, zumal es ja auch den Sinn einer Rasenkante erfüllte. Wir lachten viel über ihren liebenswerten Spott…"

Wieder schluckte er und eine Träne rann ihm über die Wange. Dann fuhr er fort.

„Am späten Nachmittag – ich hatte gerade den Kies eingefüllt- kam sie mit Kaffee und dieser Flasche um die Ecke. Was hältst du davon, wenn wir einen Schatz vergraben, der nur uns gehört, sagte sie. Dabei zeigte sie mir den Inhalt der Flasche…"

Er hielt sie seiner Tochter mit fahrigen Bewegungen hin.

„Mach sie auf", schluchzte er. Dabei legte er den Kopf auf die Sessellehne zurück, um sich wieder in den Griff zu bekommen.

Kristin atmete tief durch, um nicht selbst loszuheulen. Ein dicker Kloß saß ihr im Hals. Dann öffnete sie den Schraubverschluss.

„Nimm es heraus", forderte Bruno mit schwacher Stimme.

Ein zierliches, silbernes Herz an einer Kette kam zum Vorschein. Zwei stilisierte Hände hielten es umschlossen, wovon eine als Verschluss diente.

Soll ich es öffnen?", fragte Kristin. Ihr Vater nickte.

Ein kleines Bild ihrer Mutter kam zum Vorschein. Auf der rechten Seite des Medaillons stand ein winziger, eingravierter Text:

‚Ich werde dich ewig lieben.'

Kristin konnte nicht mehr. Die feine, wunderschöne Arbeit eines Juweliers verschwamm vor ihren Augen, die sich rasch mit Tränen füllten.

„Wisst ihr", sagte Bruno nach einer Weile. „Es ist nicht der Fund der Flasche, der mich so umhaute. Es ist das Wie. Das Ganze war ein Geheimnis zwischen mir und Uta. Nur wir allein wussten davon. Wie ist es dann möglich, dass dieser Hund gezielt an der richtigen Stelle buddelt und etwas ausgräbt, was nicht nach einer Beute riecht?"

Thorsten hatte sich bislang taktvoll im Hintergrund gehalten. Joschi saß vor ihm und genoss sein Streicheln. Nun aber stand der Tierpfleger auf und ging zu Kristin. Legte ihr behutsam seine Hand auf die Schulter. Auch an ihm ging die Sache nicht spurlos vorbei.

„Ich kenne da eine Beraterin für Tierkommunikation", sagte er nach einer Weile und sondierte die Goeths. Er wollte keinesfalls einen falschen Eindruck erwecken. Deshalb prüfte er erst einmal ihre Reaktion, bevor er weitersprach.

Die beiden blickten erwartungsvoll. Bruno zeigte sogar Interesse.

„Was meinst du?"

Thorsten sprach weiter.

„Wir im Heim haben sie schon häufig konsultiert, wenn wir mal Probleme mit einem unserer Tiere hatten. Sie besitzt unglaubliche Fähigkeiten, die manchmal schon unheimlich sind. Fast alles, was sie herausbekam, stimmte genau oder traf ein."

Kristin schaute ihn skeptisch an.

„Glaubst du an so was?"

„Jetzt ja. Sie hat mich wirklich überzeugt. Das ist kein Spiritismus oder eine andere esoterische Richtung. Diese Frau arbeitet mit Empathie. Verstehst du? Sie kann sich in das jeweilige Tier einfühlen. Dadurch bekommt sie sehr viele Informationen, die sonst nicht zugänglich sind."

„Ich glaube das nicht", meinte Kristin knapp. „Klingt zumindest sehr dubios."

Thorsten verzog nachdenklich den Mund.

„Warte mal. Wofür gibt es Internet? Ich hole mal mein Tablet."

Wenig später stellte Thorsten den kleinen, mobilen Computer auf die Sessellehne. Dann steckte er den Surfstick ein, rief den Internet-Browser auf und suchte die besagte Website der Kommunikatorin heraus.

Als er das Video abspielte, hörte Bruno aufmerksam zu. Es schien ihn zu überzeugen, was sie sagte.

„Ich hab' nicht gewusst, dass es so was gibt", meinte er. „In Hamburg wohnt die? Dann werde ich sie aufsuchen. Gleich nach den Feiertagen."

Plötzlich wirkte er wieder überraschend munter.

Die Weihnachtstage verliefen sehr harmonisch, weil jeder vermied, das Erlebnis im Garten zum zentralen Thema zu machen.

Trotzdem wurde Bruno das Gefühl der engen Verbundenheit mit Joschi einfach nicht mehr los.

Ungewöhnliche Vorfälle blieben zwar aus, doch der lange Augenkontakt machte ihn nervös. In dem Blick des Hundes lag einfach etwas, was er sich nicht erklären konnte. Wie das Bedürfnis, sich mitzuteilen.

Vertrautes Wissen.

Bruno setzte sich wieder in seinen Sessel vor dem Kamin und schüttelte ratlos den Kopf. Logisch kombiniert ließ das alles nur einen Schluss zu. Das wiederum konnte aber nicht sein.

Widersprach jeder vernünftigen Erklärung. Was war denn eigentlich vernünftig? Vielleicht gab es wirklich Dinge, für die es keine menschliche Deutungen gab?

„Paps, möchtest du noch etwas Punsch?"

Die Frage seiner Tochter riss ihn aus den Gedanken. Kristin lümmelte mit Thorsten in der gemütlichen Polsterecke und schaute mit ihm einen Weihnachtsfilm.

„Ich habe noch, Schatz", rief Bruno zurück. Er mochte diese anheimelnde Stimmung. Den Geruch nach Tannen, Zimt und Orangen, den man nur Weihnachten so intensiv wahrnahm. Das einträchtige Miteinander der Familie.

Ein Schub Traurigkeit überkam ihn. Was hätte er jetzt für einen Augenblick mit seiner Uta gegeben.

Im gleichen Moment kratzte Joschi mit der Pfote am Sessel und winselte. Tiefer und ausdrücklicher als sonst.

„Du verstehst mich, nicht wahr?" flüsterte Bruno. Dann richtete er sich im Sessel auf, streichelte Joschi sanft an den Ohren und beugte sich zu ihm hinunter.

„Ich weiß, dass du da drin steckst", wisperte er. „Ich weiß es einfach."

Kapitel 7

Vier Tage vor dem Jahreswechsel.

„Wir brauchen nicht nach Hamburg", meinte Thorsten, als er von draußen kam, weil er noch rasch etwas besorgt hatte.

Bruno und Kristin schauten verblüfft hoch. Joschi begrüßte ihn überschwenglich, bis er sein Leckerli bekam.

„Die Dame macht einen Hausbesuch. Habe grad mit ihr telefoniert. Ihr wollt das doch noch, oder?"

Bruno nickte heftig.

„Natürlich! Wann kommt sie denn?"

„Morgen im Laufe des Vormittags", antwortete Thorsten. „Vielleicht klärt sich dann einiges. Schön wär's ja."

„Ich bin wirklich gespannt", sagte Bruno.

Kristin hatte sich betont zurückgehalten. Sie lächelte zwar ihrem Vater zuliebe, konnte aber nicht daran glauben. Für sie war das der reinste Humbug.

Am nächsten Tag wurde Bruno durch den Türgong aufgeschreckt. Er schaute zur Uhr. Kurz vor halb zehn.

Als er öffnete, stand eine Frau mittleren Alters vor ihm. Ihre schulterlangen, blonden Harre ließen das attraktive Gesicht noch interessanter erscheinen. Ihr schlanker Körper steckte in Jeans und einer marinefarbenen Daunenjacke.

„Herr Goeth?" Ihre helle Stimme klang sehr sympathisch. „Mein Name ist Julia Zellenfelder. Ich denke mal, ihr Schwiegersohn wird sie von meinem Besuch unterrichtet haben."

Bruno musste schmunzeln, korrigierte Thorstens Bezeichnung aber nicht. Auch für ihn war mittlerweile klar, dass die beiden zusammengehörten.

„Kommen sie rein", sagte er und drückte ihre Hand. „Ich freue mich, sie kennzulernen. Hatten sie eine gute Fahrt?"

Als sie in das Wohnzimmer kamen, stand Joschi auf und lief schwanzwedelnd auf den Gast zu. Er schnupperte an ihrer Hose und winselte freundlich. Julia Zellenfelder beugte sich zu ihm herunter und strich behutsam über seinen Kopf, was den Terrier zu einer noch stürmischeren Begrüßung ermutigte.

„Ist ja gut, Joschi. So sieht man sich wieder", sagte sie in angenehm ruhigem Ton, was auch auf den Hund übersprang.

Verwundert zog Bruno die Augenbrauen hoch.

„Sie kennen ihn?"

„Aus dem Tierheim", ertönte Thorstens Stimme von der Wendeltreppe. „Hab ich das vergessen, zu erzählen? Sorry!"

Kristin und er waren am Vorabend noch ausgegangen und spät heimgekommen.

„Ich hab' nicht so früh mit dir gerechnet, Julia."

Thorsten nahm die Tierkommunikatorin in den Arm und drückte sie.

„Endlich kann ich dir die Frau vorstellen, der rettungslos mein Herz gehört", verkündete er stolz und hob die Handfläche in Kristins Richtung.

Vater und Tochter merkten, wie sehr sich Julia mit ihm freute. Vermutlich hatte er mal was von ihrer Beziehung erzählt.

Wie auch immer – hier ging es nun ausschließlich um den Hund.

Kurz darauf saßen die vier im Wohnzimmer. Julia wurde von Joschi animiert, sein

Hundespielzeug kennenzulernen, um mit ihm zu rangeln. Was sie auch gern tat.

Thorsten bat Bruno, ihr von den jüngsten Geschehnissen zu erzählen, damit sie sich ein Bild machen konnte. Er selbst fügte hinzu, dass der an dem Terrier in den letzten Wochen eine ungewöhnliche Veränderung festgestellt habe.

Als Bruno seine Schilderungen beendete, nickte Julia verständnisvoll.

„Ich muss zugeben, das klingt alles sehr rätselhaft", begann sie. „So einen Fall hatte ich bisher noch nicht. Es erweckt tatsächlich den Eindruck, dass er von Dingen weiß, die er gar nicht kennen dürfte."

Nun endlich mischte sich Kristin in das Gespräch. Sie hatte die ganze Zeit geschwiegen.

„Ist es nicht eher möglich, dass alles eine Verkettung von Zufällen ist, die nur verkehrt interpretiert werden?"

Julia nickte.

„Natürlich. Deshalb schlage ich vor, dass ich eine Sitzung durchführe und mit ihm in

Verbindung trete. Vielleicht erfahre ich ja etwas, was uns Aufschluss verschafft. Versprechen kann ich natürlich nichts."

„Und wann?", fragte Bruno.

„Jetzt", erwiderte Julia."Deshalb bin ich ja hier, oder? Ich brauche nur einen stillen Raum und etwas Zeit."

Vierzig Minuten später öffnete sich die Tür des Gästezimmers. Joschi kam winselnd die Wendeltreppe hinuntergelaufen und huschte unter den Esstisch.

Bruno schob den Stuhl etwas zurück und beugte sich nach unten.

„Was ist mit dir, mein Junge? Was ist los?"

Joschi bewegte sich nicht. Lag nur da. Mit starrem Blick.

Dann erschien Julia. Sie wirkte ebenfalls so, als stehe sie neben sich. Ihre Pupillen wanderten unruhig in den Augen umher. Als ob sie einem sich schnell bewegenden Gegenstand folgten.

Doch sie merkte es wohl selbst nicht, denn ihre Stimme klang ruhig und sicher.

„Kristin hatte recht. Ihre Erlebnisse waren eine Reihe von Zufällen, Bruno. Mehr nicht. Die Bilder, die er mir übermittelte, zeigen ein gesundes, normales Verhalten. Von den Emotionen her wirkt er etwas aufgekratzter als im Tierheim. Er freut sich sehr über die neue Umgebung. Ist euphorischer. Alles ist schöner für ihn, meint er. Rückschlüsse auf eine weitere Existenz habe ich aber nicht machen können. Ich glaube auch nicht, dass meine Fähigkeiten dafür ausreichen."

Als Bruno sie überrascht ansah, senkte sie den Blick. Als sei sie beschämt wegen ihrer Analyse.

„Das kann doch nicht sein! Da ist was! Ich weiß es!"

Brunos Enttäuschung war spürbar. Hatte er doch seine ganze Hoffnung auf das Resultat dieses Treffens gesetzt.

Kristin dagegen fühlte sich gut. Die Bestätigung zu bekommen, dass alles nur eine

Projektion unerfüllter Wünsche sei, ließ sie sogar an die Fähigkeit der Tierkommunikation glauben. Sie war ein wenig stolz auf sich. Auch wenn sie insgeheim ihren Vater damit traf.

Nach einer Tasse Kaffee verabschiedete sich Julia Zellenfelder von den Goeths. Thorsten brachte sie noch zum Wagen.

„Ist wirklich nett, dass du auf dein Honorar verzichtest", meinte er unterwegs. „Denn ich finde, so erfolglos war die Sache doch gar nicht. Wenn man es mal von der Gegenseite betrachtet."

Julia blieb stehen.

„Versprich mir, dass du niemandem erzählst, was ich dir jetzt sage. Auch deiner zukünftigen Frau nicht. Okay?"

Thorsten nickte verwundert.

„Ich habe gelogen", bekannte die Tierkommunikatorin. „Aus gutem Grund. Du weißt, dass unsere Fähigkeit oft müde belächelt wird. Nur wenige waren wie du Zeuge von erfolgreichen Auswirkungen. Das wollte ich einfach nicht aufs Spiel setzen...."

Julia stockte. Schaute ihren Freund an. Dann gab sie sich einen Ruck und sprach weiter.

„Da war wirklich etwas. Eine so gewaltige Kraft, wie ich sie noch nie empfunden habe. Unglaublich stark. Reine Energie mit einer gigantischen Aura. Glaub mir, ich habe im Tierheim einige Male mit Joschi Kontakt gehabt. Aber das hier war anders. Fremdartig. Nicht vertraut. Und es hat mir einen Mordschrecken eingejagt. Da muss ich erst mal mit klarkommen. Schließlich kann ich nicht irgendwas erklären, was ich selbst nicht begreife. Verstehst du das?"

Sie wirkte irgendwie verloren. Hilflos. Diese Seite hatte Thorsten noch nie bei ihr wahrgenommen.

Siebzehn Uhr dreißig.

Bruno war extrem unzufrieden. Ihn fuchste es, dass die Zusammenkunft nichts gebracht hatte.

Der Verdacht, dass Tierkommunikation ausgemachter Schwindel war, wurde immer stärker. Das war einfach nicht plausibel. Wenn er schon etwas spürte, musste es diese Dame doch erst recht bemerken!

Also stand er wieder am Anfang.

Kristin glaubte ihm sowieso nicht. Und was Thorsten von dem Phänomen hielt, konnte er nicht abschätzen. Seit diese Julia das Haus verlassen hatte, hielt er sich sehr bedeckt.

Er beschloss deshalb, vorerst darüber zu schweigen. Hier ging es nicht um verbohrte Einbildung. Er war weder besessen noch ein Opfer unerfüllter Sehnsüchte. Soviele präzise Zufälle gab es nicht.

Trotzdem musste er Gewissheit haben. Nach den Feiertagen würde ihm schon etwas einfallen, wie er dieses Mysterium enträtselte.

Durch seine Versunkenheit hatte Bruno nicht bemerkt, dass Joschi ihn die ganze Zeit anstarrte. Nun kam er auf ihn zu und sprang an ihm hoch. Bellte kurz und lief dann zu dem kleinen

Rauchtisch, auf dem das Telefon und das Weihnachtsbäumchen stand.

„Was ist mit dir?" fragte Bruno.

Genau in diesem Moment klingelte das Telefon.

Irritiert blickte er Joschi an. Der Hund schien den Anruf geahnt zu haben.

„Sørensen hier. Guten Tag, Bruno. Sie haben mir eine Mail geschickt?"

Der dänische Akzent war nicht zu überhören. Bruno mochte ihn. Wenn ein Däne deutsch sprach, verbesserte sich seine Laune schlagartig. Aber das lag wohl daran, dass er dieses Land sowieso mochte, weil dort die Welt noch in Ordnung schien.

Er konzentrierte sich wieder auf das Gespräch und begrüßte Theis Sørensen genauso herzlich. Wünschte ihm nachträglich noch ein frohes Weihnachtsfest. Der Däne war Eigentümer des gemütlichen Hauses, das Bruno und Uta vor über einem Jahrzehnt gepachtet hatten. Mehrmals im Jahr verbrachten sie ihre Freizeit in Nordjütland. Eigentlich wollten sie das Haus kaufen, doch man musste damals die dänische Staatsbürgerschaft für so eine Transaktion besitzen. So blieb es bei der Pacht, um eine ständige Verfügbarkeit zu garantieren.

„Sie möchten den Pachtvertrag auflösen? Darf ich fragen, warum?"

Brunos Herz schlug etwas heftiger. Wieder kamen die beklemmenden Gefühle hoch.

„Uta ist vor drei Wochen gestorben", erwiderte er.

Einen Moment war es in der Leitung still.

„Das tut mir sehr, sehr leid, Bruno. Seien sie unserer Anteilnahme versichert. Wir kannten und schätzten Uta ungemein, glauben sie mir das."

Bruno spürte Sørensens tiefe Betroffenheit. Es war seltsam. Die aufrichtige Art der Dänen war wirklich erstaunlich. Es klang nicht nach Phrasen, wie man sie so oft bei einem Trauerfall hörte.

Die beiden Männer tauschten noch einige Erinnerungen aus, bevor Sørensen fragte, wann Bruno sich auf den Weg machen wollte.

„Ich dachte so an den dritten Januar", erwiderte dieser. „Und würde dann eventuell bis zum zehnten bleiben. Oder vielleicht länger."

„Gut. Ich freue mich sehr", sagte Theis Sørensen. „Melden sie sich bitte, wenn sie angekommen sind. Oder besser noch- kommen sie doch einfach hier in Thisted vorbei. Sie wissen ja, wo wir wohnen. Sie sind natürlich herzlich willkommen."

Den nächsten Tag verbrachten Vater und Tochter allein. Thorsten war nach Hamburg zurückgerufen worden, versprach aber, Silvester wieder da zu sein.

Die Erlebnisse mit Joschi und die darauffolgenden „Kopfgeburten" von Bruno hatten die beiden etwas voneinander entfernt. Kristin war zwar sehr fürsorglich, aber dennoch wurde Bruno das Gefühl nicht los, dass sie ihn viel genauer beobachtete. Sie verhielt sich wie ein Arzt mit einem kritischen Patienten.

„Ach, übrigens solltest du wissen, dass ich am dritten Januar nach Klitmøller fahre", erwähnte er und schaute von der Zeitung hoch.

Kristins bezaubernde Augen wurden noch größer, als sie sowieso schon waren.

„Paps, wir haben Winter. Wer begleitet dich denn?"

Bruno schüttelte verständnislos den Kopf.

„Nur Joschi. Aber was hat denn das mit der Jahreszeit zu tun? Deine Mutter und ich waren oft in dieser Zeit da oben."

„Wäre das Frühjahr nicht vorteilhafter", entgegnete Kristin besorgt. „Du fährst doch mindestens sechs Stunden. Allein!"

Das letzte Wort betonte sie vorwurfsvoll. Bruno stand auf, ging um den Tisch herum und setzte sich neben sie.

„Nun hör mir mal zu, Liebes. Deine Angst ist völlig unbegründet. Du kennst mich doch und weißt, dass ich keine Risiken eingehe. Aber es muss sein, weil ich das Haus zurückgebe. Das ist beschlossen. Ich könnte mich da nie wieder richtig erholen. Dann eine Spedition für unsere Sachen beauftragen. Die aber in Ruhe zusammenpacken. Das lenkt mich bestimmt ab, denn hier werde ich noch verrückt. Du siehst doch selbst, was ich schon alles in den Hund hineindeute."

Kristin schaute ihren Vater an und nickte stumm. Dann lächelte sie dankbar.

Auch Bruno war zufrieden. Er empfand seine Worte als klugen Schachzug, ihren Verdacht zu zerstreuen, dass er einem Hirngespinst nachjagte.

Irgendwie verstieß er damit zwar gegen seine Prinzipien, doch es half ungemein, Zeit für die Klärung zu gewinnen.

Kapitel 8

Flensburg.

Dann weiter auf der E45. Richtung Arhus/Vejle. Nach 25 Kilometern Richtung Viborg/Herning.

Es zog sich etwas. Bruno schaute auf die Digitaluhr des Bordcomputers.

Kurz vor elf. Seit knapp drei Stunden war er unterwegs. Mit nur zwei kleinen Pausen.

Joschi lag zusammengerollt auf dem Rücksitz und schlief. Die kurze Gurtleine steckte mit dem Adapter im Gurtschloss und verhinderte so, dass er nach vorn springen konnte. Das war nicht ideal, aber eine Box wollte Bruno erst später kaufen. Falls überhaupt. Er fand die Dinger furchtbar. Auch wenn man ihn für einen leichtfertigen Dickkopf hielt.

Bevor Kristin am Neujahrstag wieder nach Düsseldorf zurückfuhr, musste er ihr versprechen, sie sofort aus Klitmøller anzurufen.

"Und wenn die Fahrt den ganzen Tag dauert - lass dir bitte Zeit", sagte sie.

Wie ähnlich der Klang ihrer Stimme doch mit der ihrer Mutter übereinstimmte.

Bruno schmunzelte. Nach dem Gespräch vor Silvester war die entstandene Spannung wie weggeblasen. Manchmal wirkte eine Schwindelei wirklich Wunder. Auch wenn es ihm gar nicht behagte. Aber es sorgte wenigstens dafür, mit den beiden einträchtig ins neue Jahr zu rutschen.

Was wäre wohl gewesen, wenn Thorsten und Kristin den Jahreswechsel nicht bei ihm verbracht hätten? Ein entsetzlicher Gedanke!

Er dachte zurück an das Jahr zuvor. Wo noch keine Schatten über ihnen lagen. Niemand sich vorstellen konnte, dass eine Krankheit so erbarmungslos und schnell zuschlagen konnte. Einem den festen Stand im Leben nahm.

Als er mit Uta die letzte Fahrt nach Nordjütland machte, stimmte schon etwas nicht mit ihr. Sie klagte häufig über Kopfschmerzen und Unwohlsein, schob es aber auf das Klimakterium. Das war Anfang März. Im April ging sie zum Arzt und ließ sich durchchecken. Zuerst vermuteteten die Ärzte ein Aneurysma, Dann die Diagnose. Krebs im Endstadium. Mit zweiundfünfzig!

Brunos Finger krallten sich ins Lenkrad. Sein Puls beschleunigte sich. Er fing an zu schwitzen. Solche Gedanken waren pures Gift für eine Autofahrt.

Der Verkehr war seit Verlassen der A7 zwar deutlich ruhiger, aber er brauchte jetzt dringend einen starken Kaffee und eine Kleinigkeit zu essen. Deshalb beschloss er, bei der nächsten Raststätte anzuhalten.

Gegen 14 Uhr 30 fuhr Bruno am Ortsschild von Thisted vorbei, die Hundborgvej hinunter, bog dann ab in die Grønlandvej und hielt wenig später in der Islandvej vor dem Haus mit der Nummer vier.

Das gemütlich wirkende Anwesen von Theis Sørensen und seiner Familie war mit gelben Klinkern verkleidet, die im Kontrast zu dem grauen Krüppelwalmdach mit den fünf Fenstern standen. Die kleine Hecke zur Straße ließ den Blick auf den Teich neben einer Baumgruppe zu. Rechts davon war die Garageneinfahrt, in der ein großer, hagerer Mann in Winterjacke, Stirnband und einem Basketball zu dem Ankömmling herüberschaute. Ein Junge, der eben noch durch die Hausecke verdeckt wurde, gesellte sich zu ihm.

Als der Mann Bruno erkannte, kam er lächelnd auf ihn zu.

„Hallo, mein Freund! Hatten sie eine gute Fahrt?"

Bruno reckte sich etwas und schloss die Fahrertür. Wieder spürte er diese Gefühlswärme des Dänen. Sie tat einfach gut.

„Danke, sie war halb so schlimm, wie ich sie mir bei der Abfahrt vorgestellt habe. Lag wohl auch an meinem fabelhaften Begleiter."

Sørensen sah ihn verwundert an und blickte unwillkürlich zum Auto, in dem er den aufgeregten Joschi erkannte.

„Wen meinen sie?"

Bruno zog ein verdutztes Gesicht.

„Na, meinen neuen Hund", erwiderte er. „Ich glaube, sie kennen sich noch nicht. Benji ist ja bereits drei Jahre tot."

„Aber der war doch schon beim letzten Mal mit", antwortete Sørensen überzeugt. „Oder sollte ich mich irren?"

Bruno schüttelte den Kopf.

„Nein, nein. Joschi habe ich erst seit Weihnachten. Ist auch ein ganz liebes Kerlchen."

Der Däne wirkte leicht verstört. Dann jedoch hellte sich seine Miene wieder auf.

„Warten sie, wir haben doch noch die Fotos aus Klitmøller. Da müsste er drauf sein. Wissen sie, ich habe ihn damals gar nicht so richtig wahrgenommen. Kommen sie mit rein? Wir schauen mal. Und bringen sie den Hund ruhig mit!"

Bruno öffnete die Fondtür und befreite Joschi von seiner Gurtleine. Bevor er jedoch etwas sagen konnte, sprang dieser aus dem Wagen und rannte auf Sørensen zu. Dann begrüßte er ihn stürmisch, als ob er ihn schon ewig kannte.

„Das haut mich jetzt aber um", staunte Bruno. „Ich hoffe, sie nehmen ihm das nicht übel. Er ist sonst nicht so. Nur bei Leuten, die er ständig um sich hat."

Sørensen lachte und kraulte Joschi freundlich.

„Ach wo! Sie wissen doch - die Freude eines Hundes ist absolut ehrlich! Das unterscheidet sie von manchen Menschen!"

Kurz darauf saßen sie im Wohnzimmer, dass nach schwedischem Landhausstil eingerichtet war. Das Flammenpanorama des großen Kaminofens vertiefte die Behaglichkeit noch.

Theis Sørensen holte ein Fotoalbum aus dem Bücherregal und blätterte darin.

„Astrid müsste auch jeden Moment zurückkommen", sagte er. „Sie ist nochmal kurz ins Atelier gefahren. Eine bevorstehende Ausstellung, wissen sie?"

Astrid Sørensen war Kunstmalerin. Ihre Bilder genossen hohes Ansehen und hatten sie international bekannt gemacht. Doch trotz ihrer Popularität war sie eine sympathische und liebenswerte Frau geblieben. Man konnte merken, dass ihre Familie immer an vorderster Stelle stand.

„Ach, da sind sie ja!"

Sørensen kam mit dem aufgeschlagenen Album zum Tisch und deutete auf zwei Fotos.

„Sehen sie, ich hatte recht. Das ist er doch, oder?"

Bruno erstarrte. Die Fotos zeigten ihn und Uta auf der Terrasse ihres Hauses in Klitmøller. Neben ihnen saß Astrid Sørensen, die ihrem Sohn gerade ein Glas mit Limonade reichte.

Unterhalb von Utas linkem Ellenbogen war deutlich der Kopf von Joschi zu erkennen.

„Wie ist das möglich?"

Jegliche Farbe war aus Brunos Gesicht gewichen.

Theis Sørensen bemerkte die Veränderung.

„Wie ich schon sagte, kann ich mich nicht mehr so richtig an seine Anwesenheit erinnern. Es gibt so viele Hunde in der Anlage, dass ich sie schon gar nicht mehr beachte und ein wenig die Übersicht verliere. Aber auf den Fotos fiel er mir dann doch auf ..."

Er drehte sich zum Fenster um, hinter dem das sanfte Brummen eines Motors ertönte.

„Ach, da kommt Astrid. Die kann uns sicher weiterhelfen."

Wenig später begrüßte Bruno die schlanke, blonde und sehr anmutige Ehefrau des Gastgebers. Sie freute sich ebenfalls über das Wiedersehen, konnte aber ihr tiefes Mitgefühl nicht unterdrücken.

„Glauben sie mir, Bruno, ich war sehr berührt, als Theis mir das mit Uta erzählte... oh, wer ist denn das?"

Sie blickte an sich herunter. Joschi war lautlos an sie herangekommen, setzte sich neben ihre Beine und fiepte. Dann hob er die linke Vorderpfote und bellte zweimal kurz.

Astrid hockte sich herunter und streichelte ihn.

„Ja, wer bist denn du, mein Kleiner? Du bist ja ein ganz hübscher!"

Theis Sørensens Augen verengten sich.

„Sag bloß, du kennst Joschi nicht, Schatz? Jetzt beginne ich aber auch zu zweifeln! Was geht denn hier vor?"

Sie schaute überrascht hoch, während sie weiter streichelte.

„Kennen? Woher sollte ich? Ich wusste gar nicht, dass sie wieder einen Hund besitzen, Bruno. Wie lange ist ihr Benji…"

Ihr Blick fiel auf das Fotoalbum, das ihr Theis hinhielt.

„Unmöglich", entfuhr es ihr.

Sie stand auf, nahm das Album und betrachtete das Bild sehr genau.

„Glaubt mir bitte", hauchte sie. „Ich sehe diesen Hund zum ersten Mal!"

Kapitel 9

Als Bruno den Geburtsort des dänischen Literaten Jens Peter Jacobsen wieder verließ und zur Route 26 zurückfuhr, war es bereits dunkel geworden. Er schaute auf den Bordcomputer. Über drei Stunden hatte er mit den Sørensens verbracht.

Eine ganze Weile wurde noch über die merkwürdige Erscheinung auf dem Foto gesprochen. Doch bei Kaffee und Kuchen kam das Gespräch auf Utas Krankheit und die daraus entstehenden Folgen. So verging die Zeit sehr schnell.

Hanstholmvej. Links ab auf die Route 557. Noch etwa 15 Kilometer.

Joschi saß auf dem Rücksitz und hechelte. Auch er schien aufgeregt zu sein. Es manifestierte sich bei Bruno immer mehr die Überzeugung, dass Uta durch ihn gegenwärtig war.

Er hatte noch nicht zu Ende gedacht, als die Scheinwerfer entgegenkommender Autos den Innenraum ausleuchteten. Sekundenlang wurde der Schatten einer im Fond sitzenden Frau sichtbar, die vom Umriss her Uta unheimlich ähnelte.

Bruno starrte in den Rückspiegel, während er gleichzeitig bremste und rechts auf den Seitenstreifen fuhr.

Seine Augen füllten sich rasch mit Tränen. Doch das leise Winseln Joschis bestärkte ihn, es als optische Täuschung abzutun. Er durfte das einfach nicht an sich ranlassen! Selbsterfüllende

Prophezeiungen, die er eigens verursachte, weil er glauben wollte. Niemals!

Mit hastigen Bewegungen wischte er sich über das Gesicht, legte den Gang ein und fuhr weiter.

Bald darauf erreichte er Klitmøller, fuhr unter der Route 181 entlang auf die Ørhagevej, Vangsåvej und hielt vor seinem Haus in der Pinbak.

Nachdem das große Tor aufgeschlossen war, fuhr er bis zum Haus vor und parkte in der Bucht neben Haupthaus und Anbau.

Joschi benahm sich sehr unruhig. Er zerrte am Gurt und winselte aufgeregt, was er sonst nur bei einem bevorstehenden Spaziergang tat.

Nach dem Lösen des Gurtes aus dem Schloss sprang er, ohne abzuwarten, aus dem Wagen.

Bruno verlor die Geduld. Seine Stimme wurde rauer. Jetzt erst hörte der Terrier. Mit gesenktem

Kopf kam er angeschlichen und legte sich demütig auf die Erde.

„Nun sei doch nicht gleich beleidigt. Bist doch mein bester Kumpel."

Er streichelte ihn behutsam, um sein eigenes Gewissen zu beruhigen.

Wenig später betrat er, beladen wie ein Maulesel, das typisch dänische Ferienhaus. Wieder einmal hatte er mehr eingepackt, als er benötigte. Auf alles vorbereitet sein, hieß seine Devise. Manchmal konnte das ganz schön lästig werden.

Im Schlafzimmer wuchtete er das Gepäck auf das unbezogene Bett. Dann sorgte er für die Stromzufuhr, indem er die Sicherungen aktivierte.

Joschi war derweil durch den kleinen Flur gelaufen und verschwand im Wohnzimmer. Bruno folgte ihm. Die Luft im Haus roch muffig und er wollte die Terrassentür öffnen.

Er entdeckte den Terrier eingerollt auf der schwarzen Ledercouch, von der er sich farblich kaum abhob.

Bruno musste schmunzeln. Er fand die mühelose Art eines Hundes, sich in neuer Umgebung zurechtzufinden, immer wieder bemerkenswert. Dann öffnete er die Glastür und erschrak ein drittes Mal an diesem Tag.

Im Spiegelbild der Tür sah er ganz deutlich Uta auf der Couch liegen.

Ein pulsierendes Kribbeln zog durch seinen Kopf, den Rücken hinunter bis in die Beine.

Blitzartig drehte er sich um. Stierte auf den friedlich daliegenden Hund.

Er merkte, wie seine Luft knapp wurde. Atmete heftig ein und aus, um die Sauerstoffschuld zu kompensieren. Hier würde ihn niemand so schnell finden, falls er wieder umkippte. Rasch trat er hinaus auf die Terrasse.

Obwohl die Wellen der Nordsee fast einen Kilometer entfernt waren, trug der Wind ihr Rauschen bis hierher. Die frische Brise tat ihm gut und ließ seine Lebensgeister wieder aufleben.

‚Ich glaube, ich verliere langsam den Verstand', sagte er leise zu sich selbst. Diese unlogischen Vorgänge brachten ihn an den Rand der Verzweiflung. Sie lähmten sein inneres Gleichgewicht, so sehr er auch dagegen ankämpfte. Weil die Deutungen fehlten. Nichts konnte so aushöhlen wie Unbegreiflichkeit.

Oder lag es nur daran, dass dieser Tag zu anstrengend war? Frühes Aufstehen, die lange Fahrt und der aufregende Stopp bei den Sørensens. Da konnte es ohne Weiteres zu Halluzinationen kommen.

Während er durch die Zweige der Bäume wahrnahm, dass im Nachbarhaus ebenfalls Licht brannte, dachte er daran, Kristin anzurufen. Sie war bestimmt schon sehr beunruhigt.

Nur erzählen würde er ihr nichts von alledem.

Am nächsten Morgen weckte ihn ein hoher Ton. Es dauerte eine Weile, bis er begriff, dass es sich um das Fiepen von Joschi handelte. Als Bruno die Augen öffnete, blickte er genau in die seines Hundes, der aufgerichtet neben ihm stand.

Nach dem Telefongespräch mit Kristin war er wohl im Liegesessel eingeschlafen.

Joschi leckte sich die Nase, blinzelte und sprang wieder auf den Boden. Dann lief er winselnd zur Tür, machte kehrt und wiederholte seine Forderung, dass er dringend raus musste.

Behäbig und mit verspanntem Hals erhob sich Bruno aus dem Sitzmöbel. Alles nicht wie früher, dachte er. Wo die Welt noch ihm gehörte. Da ging es wesentlich schneller in die Wirklichkeit zurück.

Da er noch vollständig bekleidet war, schnappte er sich nur Jacke und Leine und verließ das Haus.

Am Nachbargrundstück begegnete ihm eine Frau im Wildledermantel, deren fellbesetzte Kapuze ihren Kopf fast vollständig einhüllte. Neben ihr ging ein kleiner, schwarzer Pudel. Als er Joschi entdeckte, fing er laut an zu kläffen. Durch die Erregung vibrierte seine kurze Rute.

„Junge oder Mädchen?" Die Stimme der Frau klang sehr symphatisch. Mit nur ganz leichtem dänischen Akzent.

Bruno schaute ihr in die großen Augen unter der Kapuze. Er fand das, was er erkennen konnte, wirklich schön. Die Frau war wohl etwas jünger als er. Das runde Gesicht hatte ausgesprochen hübsche Züge.

„Ein Junge", antwortete er und lächelte freundlich. Dabei dachte er daran, wie er wohl auf die Dame wirken musste. So unrasiert und gar nicht vorbereitet auf menschlichen Kontakt.

„Na, dann wird's ja klappen. Das da ist ein Mädchen. Zwar etwas zickig, aber lieb. Tricki heißt sie."

Joschi hatte derweil den Kontakt mit Tricki vertieft. Beim Beschnuppern von Nase und Analbereich knurrte die Hündin zwar etwas, ließ es aber geschehen.

Kurz darauf gingen die vier gemeinsam den Pinbak hinunter.

Sie machten sich miteinander bekannt. Bruno erfuhr, dass sie Majbrit Larssen hieß und das Nachbarhaus zur Zeit allein bewohnte, da ihr Mann Mikael vor einigen Monaten verstorben war. Gebürtig stammte sie aus Aalborg, wo die Rechtsanwaltskanzlei Larssen einen guten Ruf besaß.

„Haben sie Kinder?",fragte Bruno verwundert, weil sie sich allein in dem großen Haus aufhielt.

Die Dänin nickte.

„Einen Sohn. Aber er wohnt seit langem schon in Kopenhagen. Mikael und er waren sehr verschieden. Sie haben sich nie gut verstanden."

Sie zögerte etwas, bevor sie weitersprach. Scheinbar war ihr das Thema unangenehm.

„Und sie? Haben sie auch eine Geschichte?"

Bruno gefiel diese Vertraulichkeit, die sich bereits nach kurzer Zeit zwischen ihnen entwickelt hatte. Dann beschrieb er seine jetzige Lebenssituation, erwähnte Uta und Kristin und endete bei Joschi. Dass ihm dabei eine

Bemerkung über seine Vermutungen dem Terrier gegenüber herausrutschte, ärgerte ihn etwas. Er wollte schließlich nicht als überspannt gelten. Doch es kam anders.

„Was meinen sie damit, dass Joschis Verhalten dem ihrer Frau sehr ähnelt", hakte Majbrit nach.

Bruno nagte an seiner Unterlippe. Dann versuchte er, die Sache herunterzuspielen.

„Ich glaube, dass es was mit der Trauer und meinem melancholischen Zustand zu tun hat. Also sowas wie Wunschdenken."

Seine Begleiterin blieb stehen und musterte ihn sekundenlang.

„Glauben sie nicht an Seelenwanderung?"

„Doch, schon. Aber ..."

Bruno gewann den Eindruck, Majbrits volle Aufmerksamkeit erweckt zu haben. Was sie auch bestätigte.

„Wissen sie, Bruno, ich bin schon lange auf der Suche nach der Seele. Wie oft werden wir mit unglaublichen Erlebnissen konfrontiert, von denen wir glauben, dass sie keine Zufälle sind. Doch wir möchten nicht als spleenig gelten. Deshalb halten wir uns bedeckt."

Bruno gab ihr recht. Ihre Worte passten auch zu seiner Mentalität.

„Es ist ja auch immer so einfach zu sagen, das gäbe es nicht", sagte er. „Wir haben das große Glück, in dieser Zeit an alles zu glauben und es auch sagen zu dürfen. Das war in der Menschheitsgeschichte nicht immer so. Neue Erkenntnisse entstehen doch meist aus Beobachtungen, Erfahrungen und logischen Schlussfolgerungen. Oder sehen sie das anders? Ich glaube jedenfalls an die Unendlichkeit. Sie umgibt uns ständig. Allein das Universum ist ein gutes Beispiel dafür. Es hat keinen Anfang und kein Ende. Aber nur das, was wir kennen, wird akzeptiert. Schrecklich!"

Majbrit nickte.

„Wollen wir zurückgehen? Ich lade sie zu einem Kaffee ein, ja?"

Gegen 11 Uhr war Bruno wieder in seinem Haus zurück.

Langer Spaziergang, dachte er lächelnd. Zwei Stunden hatte er bei Majbrit Larssen verbracht.

Eine außergewöhnliche Frau. Was ihn beeindruckte, war ihre Natürlichkeit. Sie besaß nicht die unangenehme Eigenschaft, dem Gegenüber gefallen zu wollen. Oder sich zu bemühen, mit ihrer Präsenz den Vordergrund auszufüllen. Sie polarisierte und erhielt dadurch Charisma.

Wie schnell sie die Zusammenhänge erfassen konnte, für die er Tage brauchte.

Beim Gehen schlug sie ihm vor, den Abend des folgenden Tages gemeinsam mit Joschi zu verbringen.

„Sie haben mich nämlich sehr neugierig gemacht", meinte sie mit einem Lächeln, dass unwiderstehlichen Charme versprühte. "Vielleicht kommen wir ja hinter das Geheimnis dieses Hundes."

Er war sicher: Majbrit Larssen interessierte ihn jetzt schon mehr, als er sich eingestehen wollte.

Kapitel 10

Der nächste Abend.
Es war kälter geworden. Auch stürmischer. Eisiger Wind pfiff über das flache Wohngebiet.und schluckte die Geräusche der Nordsee.

Bruno schloss die angelehnte Terrassentür, schaute sich noch einmal um und verließ dann mit Joschi das Haus.

Kurz darauf ging er um das Gebäude der Larssens und klopfte an die Glastür des Wohnzimmers, in der Majbrit gerade den Esstisch deckte.

Als sie Bruno sah, lächelte sie und öffnete rasch.

„Kommen sie herein", forderte sie ihn auf. „Ist ja ein furchtbarer Sturm!"

Joschi war das Wetter wohl noch unangenehmer, denn mit einem Satz sprang er an den beiden vorbei und wurde von Tricki lebhaft begrüßt.

Bruno sah ihnen dabei zu.

„Hunde sind so herrlich gradlinig", meinte er. „Ihnen sind gesellschaftliche Umgangsformen eigentlich völlig egal."

Majbrit musste lachen.

„Aber stellen sie sich mal vor, wir Menschen würden uns nur auf diese einfachen Grundrituale beschränken. Was würde das auslösen?"

„Zumindest viele Dinge nicht unnötig komplizieren. Doch sie haben recht. Es wird ganz sicher ausgenutzt. Auch da sind uns die Hunde voraus."

Majbrit stellte einen Brotkorb auf den Tisch.

„Sie sind ein Romantiker, Bruno. Die werden immer seltener in unserer Gesellschaft. Sie befassen sich mit Vorgängen, die anderen gar nicht mehr auffallen. Oder besser gesagt, niemand möchte sich mehr damit befassen. Ist wohl aus der Mode gekommen, Gefühle zu zeigen. Mikael sagte immer, dass die Welt kälter geworden sei."

Brunos Blick wurde offener.

„Ihre Nähe ist es, die mich inspiriert, Majbrit. Ich finde das sehr schön."

Vor zwei Tagen hätte er niemals geglaubt, einen solchen Wandel zu erleben. Die Erinnerungen an Uta waren noch zu gegenwärtig. Ließen keinen Platz für derartige Gedanken. Doch Majbrit besaß einen Zauber, dem er sich nicht entziehen konnte.

Beide spürten diese Anziehungskraft, beließen es aber dabei. Vielleicht war es die Angst vor Verletzung.

„Wie sie sehen, habe ich uns ein Essen vorbereitet", wechselte Majbrit geschickt das

Thema. „Danach befassen wir uns mit Joschi, ja?"

Es gab ofengebackene Kalbfleischbällchen auf Gemüse. Dazu frischgebackenes italienisches Brot.

Man merkte deutlich, wie beide das Klima der Zweisamkeit genossen. Die gemütliche Umgebung und der tobende Sturm taten ihr Übriges.

„So, lassen sie uns etwas ergründen", begann Majbrit, nachdem die Küche wieder im ordentlichen Zustand war. „Wie ich gestern schon sagte, befasse ich mich seit langem schon mit Seelenwanderung. Dabei bin ich zu dem Ergebnis gekommen, dass die Seele nach dem Tod in jedes Geschöpf Gottes schlüpfen kann. Nicht gebunden ist an die jeweilige Spezies. Zufall und Unendlichkeit gehen also Hand in Hand. Klingt das verrückt?"

Sie sah dem aufmerksamen Bruno kritisch in die Augen, als ob sie seine Reaktion herauslesen wollte.

„Nein, nein", antwortete er nachdenklich. „Mittlerweile rennen sie damit bei mir ja offene Türen ein. Diese starke Empfindung, dass meine Frau Uta in Joschi steckt, wird langsam zur fixen Idee."

Majbrit nickte.

„Sehen sie, das meine ich. Trotzdem bleibt der Hund ein Hund. Er kann sich nicht so artikulieren wie ein Mensch. In bestimmten Situationen merkt man es und erinnert sich an Dinge, die durch Erinnerungen noch sehr vertraut sind. Er reagiert nur auf sein zwiespältiges Wesen und handelt instinktiv."

Bruno war perplex. Diese charmante Frau faszinierte ihn immer mehr. Sie schilderte genau das, was er seit Weihnachten ständig erlebte. Er hatte sich also doch nicht geirrt.

„Und wie wollen wir das herausbekommen? Durch eine Séance etwa?"

Majbrit lachte wieder. Dabei sah sie noch hübscher aus. So eine herzliche Ausstrahlung kannte er bisher nur von Uta.

„Um Himmels Willen, nein! Das wäre mir doch zu spiritistisch! Nein, wir beobachten ihn. Zählen die ungewöhnlichen Ereignisse und verbinden sie mit der Vergangenheit. Gibt es sehr viele Übereinstimmungen, muss einfach eine Seelenbindung da sein. Klingt doch plausibel, oder?"

„Ich kann bereits jetzt mit zahlreichen solcher Erlebnisse aufwarten", erwiderte Bruno und erzählte Majbrit die ganzen Vorgänge der letzten Wochen.

Währenddessen hatte sie eine Flasche Bordeaux geholt. Als Bruno seine Ausführungen beendete, spürte er die Wirkung des schweren Weines. Das machte ihn etwas mutiger.

„Sagen sie, Majbrit, wollen wir nicht zum du übergehen? Jetzt, wo wir uns schon so viel anvertraut haben?"

„Da sagst du was - hört sich gut an, oder?" antwortete sie auch schon leicht beschwipst. „Aber dann müssen wir auch Brüderschaft trinken."

Sie hoben die Weingläser und stießen an. Dann folgte ein zaghafter Kuss. Als sich ihre Lippen berührten, durchzuckte Bruno eine Regung, von der er glaubte, sie niemals mehr empfinden zu können.

Majbrit spürte es ebenfalls.

„Ein gemeinsames Schicksal geht oft den Weg, bei dem die Richtung scheinbar vorgezeichnet ist", meinte sie. „Wahrscheinlich kommt es daher, weil Partner aus einer harmonischen Beziehung nicht darauf verzichten wollen und viel stärkere Signale senden. Oder was meinst du?"

Bruno nickte. Aus ihrem Mund klangen selbst nüchterne Überlegungen bezaubernd. Sie besaß etwas, was ihn zwar an Uta erinnerte, doch keinesfalls mit ihr verglich.

Plötzlich wusste er, dass er mit dieser Frau den Lebensabend verbringen wollte. Fühlte diese starke Gemeinsamkeit, die beide förmlich aufsaugten, weil ihr Verzicht so unsagbar schmerzte.

Kapitel 11

Der Aufenthalt in Dänemark verging für Bruno wieder mal viel zu schnell. Die Tage waren ausgefüllt mit Fahrten nach Thisted, Besuchen von Theis Sørensen und dem Packen von Inventar, was er wieder mit zurück nach Lüneburg nehmen wollte. Die Spedition benötigte er nicht mehr, da Majbrit vorschlug, vorläufig einen ihrer Kellerräume für seine Sachen zur Verfügung zu stellen. Vielleicht sogar dauerhaft, meinte sie mit einem bedeutsamen Augenzwinkern.

Vor seiner Abreise hatten sich die beiden vorgenommen, noch einen Spaziergang an der Küste zwischen Klitmøller und Hanstholm zu unternehmen. Dort, wo die Bunkerruinen der Deutschen vom zweiten Weltkrieg standen. Bruno fand die Gegend sehr aufregend. Sie spiegelte wieder, wozu Menschen fähig waren, wenn sie einer Ideologie verfielen.

So hielten sie am späten Sonntagmorgen auf der Kystvejen 181 in einer kleinen Parkbucht vor der Batteri Hanstholm 1. Aus den wild bewachsenen Dünen lugten vier düstere Öffnungen der einstigen Geschützbunker.

Majbrit hatte sich dick eingepackt, was den Aufstieg zu den monströsen Betonklötzen bedeutend erschwerte. Dennoch fand sie die Wanderung abenteuerlich, denn sie kannte die Gegend noch nicht aus der Nähe. Ihr Mann hatte nichts für Ausflüge in die Natur übrig gehabt.

Bruno ging mit Joschi vorweg. Beide behielten ihre Hunde angeleint. In diesem unwegsamen Gelände konnten sie leicht verloren gehen.

Nach zwanzig Minuten erreichten sie den ersten Bunker. Durch die Geschützöffnung war noch die runde, mit verrosteten Bolzen versehene Halterung der schweren Kanone zu sehen. Die Wände des Raumes dahinter strotzten vor Moos und wilden Schmierereien von Graffiti- Sprayern. Dazwischen noch Überreste von den damals markanten Sprüchen der Wehrmacht.

Oberhalb des Geschützbunkers stand ein kleineres Exemplar mit einem weiß gesprayten Herz in einem Doppelkreis auf der Beobachtungsnase. Bruno wusste, dass es sich um den ehemaligen Feuerleitstand handelte. Von dort konnte man die Umgebung perfekt überblicken.

Auf der rechten Seite des Geschützbunkers führte ein schmaler Trampelpfad hinauf.

Plötzlich spürte Bruno, wie Joschi heftig an der Leine zog.

„Wir gehen da nicht rauf, Junge", sagte er laut. „Es ist kalt und rutschig!"

Majbrit bestätigte das mit heftigem Nicken. Man sah ihr an, dass sie sich hier oben nicht mehr wohl fühlte.

Doch der Terrier ließ nicht locker. Er fing sogar an, hartnäckig zu bellen.

Bruno schaute beschämt zu Majbrit hinüber, während Joschi ihn quasi den Pfad hinaufzog.

Oben zog er sein Herrchen geradewegs zu der rechten Stütze neben der Beobachtungsöffnung des Leitstandes, um dann bellend an ihr hochzuspringen. Bruno kam heran und betrachtete das verwitterte, uneben gemeißelte Herz in dem Beton.

Sein Atem stockte.

„Komm mal schnell, Majbrit! Bitte!"

Beide starrten auf die Initalien, die der Urheber hinterlassen hatte.

Ein großes M und ein großes B.

„Nun hast du es selbst miterlebt", sagte Bruno laut. „Warum hat mich der Hund so angetrieben, es zu finden? Wieder ein Zufall? Ich drehe noch durch!"

Majbrit wandte ihren Blick nicht von dem Relief ab.

„Das ist wirklich sehr mysteriös", sagte sie. „Als ob er gelenkt wurde."

„ Und welchem Zweck sollte das dienen?"

„Dich wieder behütet zu wissen. Hast du nicht erwähnt, dass diese Sorge deine Frau während ihrer Krankheit am meisten quälte?"

Bruno zog ein betroffenes Gesicht.

Liebe über den Tod hinaus.

Jetzt wusste er endlich, was damit gemeint war.

Auf der Fahrt zurück nach Klitmøller ergriff Bruno Majbrits Hand und strich sanft mit dem Daumen über ihren Handrücken.

Sie schaute ihn zärtlich an.

„Ich hab mich schwer verliebt", sagte er.

„Ich weiß", antwortete sie. „Da haben wir wohl was gemeinsam."

Joschi hob den Kopf vom Rücksitz. Er vermittelte den Eindruck, als hätte er die Worte verstanden. Dann stieß er ein zufrieden seufzendes Geräusch aus und legte den Kopf wieder zurück an Trickis Hinterpfoten.

Am Abend überraschte Bruno die Dänin mit gedünsteten und gebratenen Schollenfilets, Garnelen, Kaviar und Dressing. Abgerundet mit einem leichten, fruchtigen Spätburgunder.

„Schließlich leben wir am Meer", argumentierte er schmunzelnd. „Da hab' ich keine Kosten gescheut."

Majbrit lachte. Da sie die letzten Momente zu zweit genießen wollten, fand sie die Idee eines angemessenen Essens gar nicht so übel. Auch wenn es aus einem Restaurant stammte.

Während Bruno an den Shrimps die Schalen entfernte, versuchte er, künftige Vorhaben zu ordnen. Sein Enthusiasmus war nicht zu überhören.

„Glaub mir, mein Leben hat in den letzten Wochen völlig neue Schübe bekommen. Alles, was nach und nach verschwand, kam durch Joschi und dich stärker wieder zurück. Plötzlich denke ich wieder an das Jetzt. Sogar die Zukunft ist mir nicht mehr egal. Und du bist das Wichtigste dabei geworden."

Sekundenlang hörte man nur das Prasseln des Kaminofens.

„Meinst du eine Partnerschaft?" fragte Majbrit freiheraus.

Bruno schaute sie verunsichert an. Die Angst vor der Antwort gewann einen Moment die Oberhand.

„Sowas ähnliches. Aber sind wir schon bereit dazu? Oder ist es nur eine Flucht nach vorn?", gestand er vorsichtig.

Majbrit ließ ihn noch ein Weilchen zappeln, bevor sie antwortete.

„Du machst dir schon wieder zuviele Gedanken. Das wäre wirklich sehr schön. Und wohl auch im Sinne von Uta und Mikael."

„Wie war denn dein Mann so?", fragte Bruno.

Sie hatten es sich auf der Couch bequem gemacht, ehe die Hunde den ganzen Platz vereinnahmten. Die mussten sich nun mit dem kleineren Element begnügen.

Majbrits Gesichtsausdruck veränderte sich. Wurde sanftmütig und strahlte eine spürbare Güte aus.

„Mikael war mein Traummann. Dieses Jahr im August wären wir 34 Jahre verheiratet."

Plötzlich atmete sie schwerer Ihre großen Augen bekamen einen seltsamen Glanz.

„Er war elf Jahre älter. Aber das sah man ihm nicht an. Er trieb immer noch viel Sport und achtete aufgrund seines Berufes auch auf sein übriges Outfit. Als Jurist war er sehr bedacht auf gepflegtes Äußeres.. Schließlich stand er oft im Gerichtssaal."

Wieder musste sie innehalten.

„Ausschlaggebend aber waren seine charakterlichen Gegensätze. Er konnte wirklich eiskalt sein. Geradezu gefühllos, wenn es um den Job ging. Privat war er eher hypersensibel. Ich erinnere mich da an ein Erlebnis, das noch gar nicht solange zurückliegt. Tricki war bei einem Spaziergang von einem anderen Hund angefallen worden. Eine ganz furchtbare Situation. Doch sie verlief trotz allem relativ glimpflich. Du hättest Mikael mal sehen sollen! Er packte Tricki sofort ins Auto und fuhr mit ihr in die Tierklinik. Ließ sie komplett durchchecken. Bis auf eine kleine Bisswunde konnten sie aber nichts feststellen. Und die wurde rasch verarztet. Da Tricki aber nach der Sache etwas apathisch wirkte, ließ er sie nicht mehr aus den Augen. Ich kam den gleichen Abend vom Einkaufen. Da saß dieser Schrank von Mann mit dem Hund zusammen im Sessel und kämpfte mit Tränen."

Ein trauriges Lächeln umspielte ihren Mund.

„Aber ja- er war ein sehr empfindsamer Mensch. In gewisser Weise ähnelte er dir. Ich mag Männer, die ihre Gefühle zeigen können. Sie sind authentisch. Also absolut zuverlässig. Oberflächlichkeit ist mir ein Greuel."

Bruno hatte ihr interessiert zugehört. Ihr letzter Satz jedoch untermauerte seine Zuneigung endgültig. Sie besaßen ein gemeinsames Wesensmerkmal! Etwas, was sie beide miteinander verband.

Also doch eine schicksalhafte Begegnung.

Kapitel 12

Mittwoch. Tag der Rückreise.

Sie hatten noch ziemlich lange zusammen gesessen und unzählige Vertraulichkeiten ausgetauscht. Dankbar redeten sie sich alles von der Seele, was sie insgeheim bedrückte.

Als der neue Tag begann, war Maybrit in Brunos Armen eingeschlafen. Behutsam löste er sich und legte ihr eine warme Wolldecke über. Dann ließ er die Hunde noch kurz hinaus und setzte sich in den Liegesessel, wo er bald darauf ebenfalls einschlief.

Bis ihn der Duft von frisch gebrühtem Kaffee weckte.

Er ruckte hoch und schaute erschrocken auf die Armbanduhr. Kurz nach sieben. Dann sah er Majbrit, die in der Küchenzeile das Frühstück zubereitete. Die Situation vermittelte eine Behaglichkeit, die ihm wirklich gefehlt hatte. Was eine Frau doch bewirken kann, dachte er.

Tiefes, beglückendes Gefühl stieg in ihm hoch und wollte nicht enden. Es begleitete ihn bis zur Abfahrt.

„Ich bin ganz aufgekratzt. Aber nicht wegen der Fahrt, sondern darüber, dass du bald nach Lüneburg kommst."

Eine Weile standen sie da. Umarmt wie ein junges Pärchen. Doch beide spürten dieses tiefe Empfinden einer reifen Liebe. Etwas, was nicht allein durch Kribbeln im Bauch ausgelöst wurde. Sondern weitaus beständiger war. Wohl auch, weil eine Partnerschaft in dem Alter andere Ansprüche voraussetzte. Äußerlichkeiten waren nicht mehr so wichtig. Sondern Verständnis, Einfühlungsvermögen und viel Zeit. Eigenschaften, die das Leben formte, um sie im Alter partnerschaftlich nutzen zu können. Der Körper verlor an Bedeutung und wurde nicht mehr so hoch bewertet wie am Anfang der Reifezeit.

„Du musst jetzt los", flüsterte Majbrit.

Bruno bemerkte die Traurigkeit der Worte. Als er sie ansah, lief eine Träne über ihre Wange.

„Und passt auf euch auf. Du rufst gleich an, ja?"

Bruno nickte lächelnd.

„Jeden Abend. Bis du in Lüneburg bist."

Als er ins Auto stieg, verspürte er einen Stich in der linken Brust. Er atmete tief durch.

Wahrscheinlich versuchte diese Frau gerade, noch tiefer in sein Herz zu kriechen.

Joschi saß auf dem Rücksitz. Er folgte Majbrit mit den Augen, als sie sich hineinbeugte und Bruno einen letzten Kuss gab.

Etwa 30 Kilometer hinter Flensburg fuhr er auf den Rastplatz Jalmer Moor und schaute zur Uhr.

12 Uhr 31.

Trotz der beiden kurzen Zwischenstopps in Dänemark war er gut durchgekommen.

Dennoch merkte er deutlich, dass diese Fahrt mächtig an seinen Kräften zehrte. Bei der Hinfahrt war ihm das gar nicht so vorgekommen.

Er stieg aus und reckte sich, bis seine Beweglichkeit zurückkehrte.

Dann leinte er Joschi an, verschloss das Fahrzeug und ging mit dem Terrier den Weg zu einer Lichtung hinauf. Die frische Luft tat beiden gut.

Vor einer verwitterten Bank blieb er stehen und blickte zurück. Scheinbar war er der einzige Besucher dieses Parkplatzes. Bis auf einen Fernlastzug in unmittelbarer Nähe der Ausfahrt.

Kalt war es für diese Jahreszeit eigentlich nicht. Die Tage wurden zwar schon wieder etwas länger, doch Bruno merkte, wie es sich langsam eintrübte. Eigentlich wollte er bei Tageslicht zuhause ankommen. Doch das konnte er wohl vergessen. Zwei Stunden war er bestimmt noch unterwegs.

„Nun bist du doch nochmal in Dänemark gewesen, mein Schatz", sagte er zu Joschi. „Wenn auch in einer ziemlich ungewöhnlichen Verkleidung."

Leichte Melancholie schwang in den Worten mit. Er musste unwillkürlich grinsen. Es war gut, dass diesen Monolog niemand mitbekam. Sonst hätten sie ihn bestimmt eingeliefert.

Zurück am Auto nahm er noch einen kräftigen Schluck aus der Wasserflasche und füllte etwas in das Trinkgefäß des Hundes.

Dann setzte er sich zufrieden hinter das Steuer. Nach einem Kontrollblick zu Joschi auf dem Rücksitz fuhr er weiter.

Hinter Fleestadt bog er ab in Richtung Lüneburg und fuhr am Maschener Kreuz über die A1, als ihm plötzlich schwindelig wurde. Verschwommen erkannte er das Ausfahrtschild Winsen (Luhe)- Ashausen. Minuten später nahm er einen Parkplatz wahr, fuhr aber weiter.

Joschi hatte sich hingesetzt und fiepte ängstlich. Er schien zu spüren, dass irgend etwas nicht stimmte.

Panisch versuchte Bruno, wieder klar zu werden. Vergeblich. Ein Schweißausbruch und die Angst vor einem Schwächeanfall wirbelten seine Gedanken durcheinander.

Während das hell beleuchtete Winsen an ihm vorbeizog, sagte ihm seine innere Stimme, dass er den Fuß vom Gas nehmen sollte. Doch er tat es nicht. Der Drang, Lüneburg schnell zu erreichen, überwog.

Joschi bellte jetzt hektisch und bewegte sich in dem Bereich, den der Gurt ihm gestattete.

Links und rechts registrierte Bruno im Dämmerlicht ein Waldgebiet. Er hielt das Lenkrad umklammert, riss es herum und zog den Wagen rechts in eine kaum noch erkennbare Einfahrt.

Dann folgte ein unerträglicher Schmerz, der ihm schlagartig das Bewusstsein raubte.

„Ich kann ihnen nur sagen, was ich gesehen habe", sagte der hagere Mann mit der auffälligen Hornbrille dem Polizeibeamten. „Der Wagen schoss an uns vorbei, schlidderte an der Bordsteinkante entlang, sauste über die Straße und kam dann da auf der Insel zum Stehen. Das hat vielleicht gekracht! Klar, wegen der hohen

Bordsteinkante. Man gut, dass da kein LKW stand. Erst dachten wir, der Kerl ist besoffen. Meine Frau sagte, ich soll nicht hingehen. Wer weiß, was das für einer ist. Gewalttätig oder so. Aber als dann die Alarmanlage losging, bin ich doch hingelaufen."

„Und dann haben sie den Hund gehört?" hakte der Beamte nach.

„Richtig. Der Motor lief auch noch. Ich bin dann zurück zu meinem Auto, hab' die Taschenlampe geholt und hineingeleuchtet. Der Mann bewegte sich nicht mehr Lag da wie tot. Dann hab' ich sie gerufen. Das war's."

Während der Aussage fuhr der Rettungswagen mit Blaulicht und Martinshorn los.

„Ist er denn tot?" fragte der Hagere.

„Nein, nein", antwortete der Beamte. „Ein Herzinfarkt. Durch ihr rasches Eingreifen haben sie das Schlimmste verhindert. Falls es noch Fragen gibt, haben wir ja ihre Personalien. Nochmals vielen Dank."

„Was wird'n aus dem Hund?"

„Den nehmen wir erstmal mit auf die Wache. Die Angehörigen werden bereits verständigt."

Joschi gab alles. Er gebärdete sich, als sei der Teufel in ihn gefahren. Widerspenstig fletschte er die Zähne und knurrte bedrohlich, wenn einer der Polizeibeamten in seine Nähe kam.

„So geht das nicht", sagte der Dienststellenleiter der City Wache. „Wir könnnen ihn unmöglich hierbehalten. Schafft ihn bloß nach Lüneburg!"

Er meinte das Tierheim, über das Winsen leider nicht mehr verfügte.

Zwar hatten Sie überlegt, ob sie ihn bis zum Eintreffen der Tochter nicht in die Ausnüchterungszelle sperren sollten. Doch ohne Überwachung war ihnen das zu stressig. Zumal er ständig bellte.

Kristin war völlig konfus. Der Anruf aus Winsen warf sie derart aus dem Gleichgewicht, dass sie das geplante Meeting absagen musste.

Der Chef zeigte Verständnis und gab ihr für den Rest der Woche frei.

Ihre Handynummer hatte die Polizei in Brunos Papieren gefunden. Als sie ihr erklärten, dass sie den renitenten Hund nach Lüneburg verbringen wollten, rief sie sofort bei Thorsten in Hamburg an.

„Ich hole ihn", versprach der nach den Schilderungen von Kristin. „Sobald ich hier weg komme. Wann willst du los?"

„Bin schon unterwegs." Ihre Stimme zitterte. Was Thorsten gar nicht behagte.

„Lass langsam gehen, Schatz", beruhigte er sie. „Für heute reicht ein Unfall."

Kapitel 13

Vor ihm erhob sich ein bogenförmiger Durchgang. Helles Licht in mächtigen Streifen durchbrach die Nebelschleier, die ihn umgaben.

Bruno hatte das Gefühl, durch Wasser zu waten. Die Schritte fielen ihm schwer. Trotzdem schien es, als ob sich der Durchgang entfernte statt näher zu kommen.

Doch er fragte nicht, wo er sich befand. Merkwürdigerweise war ihm das egal.

Dann nahm er ein gleichmäßiges Poltern wahr und erkannte, dass er nicht mehr selbst lief, sondern getragen wurde. Vorwärts, auf den Durchgang zu, der jetzt in greifbare Nähe rückte.

Während sich das Licht veränderte und Regenbogenfarben annahm, dachte er an ein Boot, in dem er lag.

Der Nebel verdichtete sich und nahm eine blutrote Farbe an. Hüllte ihn ein und verursachte ein Gefühl der Enge. Er wollte schreien, doch es gelang nicht. Die Umgebung schluckte alle Geräusche bis auf das rhythmische Poltern. Dann verebbte auch das langsam.

Als er den Durchgang passierte, wurde er abrupt in die Luft gehoben und konnte wenig später das Umfeld aus der Vogelperspektive betrachten. Alles war klar erkennbar. Das saftige Grün einer Wiese, auf der weder Sträucher noch Bäume standen. Auch Blumen gab es nicht. Nur eine gleichmäßig dunkelgrüne Fläche.

Plötzlich erkannte er Joschi, der mitten auf der Wiese saß. Bewegungslos. Tiefschwarzer Schatten umgab ihn wie ein Fundament. Bildete einen beängstigenden Kontrast zu den freundlichen Farben.

Dennoch erzeugte der Hund ein seltsam vertrautes Gefühl. Schenkte Bruno die Wärme, die er bis jetzt so vermisst hatte.

Unversehens änderte sich das Bild. Joschi geriet in Bewegung und bröckelte auseinander wie eine Statue aus Stein. Eine weitere Lichtquelle wurde freigesetzt und leuchtete zu ihm hinauf. So grell, dass sie ihn blendete.

Zahlreiche Strahlen umkreisten ihn, bevor sie sich zu einem diffusen Gesicht formten. Als es immer deutlicher wurde, konnte er das unbeschreibliche Lächeln von Uta erkennen. Sie schaute ihn gütig an. Dann berührte ihn einer der Lichtstrahlen im Gesicht. Auf unsagbar zärtliche Weise.

Er wollte dieses starke Gefühl erwidern, doch die Erscheinung ging langsam zurück ins Licht, das sich dabei jäh verwandelte. In ein schlauchähnliches Gebilde, um das imaginäre Antlitz in sich aufzusaugen . Dann drehte sich die Öffnung zu ihm. Er blickte in ein trichterförmiges Funkeln, in dem die eben noch deutlich erkennbare Vision langsam verblasste.

Bruno befiel die Furcht, zu ersticken. Wieder wollte er schreien. Doch es ging nicht.

Er blickte nach unten. Aber statt der Wiese erkannte er nur ein weißes Bettlaken. Überall hingen und standen zahlreiche Apparaturen, die elektronische Geräusche erzeugten.

Die Bewusstseinsphase dauerte nur Sekunden. Wohl, weil sich sein Inneres dagegen sträubte, die Traumbilder zu verarbeiten.

Dann fiel er wieder zurück in den tiefen Schlaf.

Thorsten hielt vor dem rotgeklinkerten Gebäude des Tierheims.

Hinter hohem Maschendrahtzaun konnte er durch das kleine Sprossenfenster der Eingangstür noch Licht erkennen.

Man wartete auf ihn. Er hatte aus Hamburg mit der Tierheimleiterin gesprochen und seinen Besuch angekündigt.

Kurz darauf betrat er das Geschäftszimmer. Joschi, der neben dem Schreibtisch lag, sprang auf und begrüßte ihn stürmisch.

„Na, das ist ja eine Wiedersehensfreude", sagte die Heimleiterin. Auch sie schien aufzuatmen.

Nach einer Unterhaltung über den Grund von Joschis kurzem Ausflug sowie etwas Fachsimpelei verabschiedete sich der Tierpfleger wieder.

„Fahren sie nach Hamburg zurück?"

Thorsten lächelte freudig.

„Nein, nein. Ich werde wohl wieder Lüneburger. Wir, meine zukünftige Frau und ich, wohnen momentan ganz in der Nähe. In Adendorf. Im Rosenweg."

Zwanzig Minuten später fuhr er in die Einfahrt von Brunos Haus. Unterwegs hatte er sich schon gewundert, warum Joschi so teilnahmslos war. Sein Blick wirkte nicht mehr so lebhaft wie vor der Reise nach Dänemark. Als geschulter Beobachter bemerkte Thorsten die Veränderung dieses Hundes. Hatte er beim Unfall etwas abbekommen, was nur ein Arzt feststellen konnte?

Erstaunt hielt er hinter Kristins Auto. Herrgott! Sie musste ja gerast sein!

Die Begrüßung war zwar herzlich, aber verhaltener als sonst.

So machten sie sich sofort auf den Weg nach Winsen. Thorsten vermied es, seine Überlegungen über Joschi anzusprechen. Kristin war momentan sehr empfindsam. Ihre Sorgen galten ausschließlich ihrem Vater.

Als sie im Krankenhaus nach ihm fragten, kam ein Arzt zu ihnen.

„Hat man sie etwa nicht verständigt?" fragte er erstaunt. „Ihr Vater befindet sich bereits auf der Stroke Unit im Klinikum Lüneburg. Hier in Winsen verfügen wir leider nicht über die nötigen Spezialisten und beschränken uns nur auf die Erstversorgung."

Der Arzt bemerkte Kristins Verzweiflung.

„Wir kommen doch aus Lüneburg", stöhnte sie.

„Das tut mir jetzt wirklich leid, Frau Goeth. Die Besuchszeit im Klinikum ist zwar beendet, aber ich werde sehen, was ich tun kann. Warten sie bitte einen Moment."

Nachdem der Arzt gegangen war, nahm Thorsten sie in den Arm.

„Es wird alles gut. Das weiß ich", sagte er. Auch ihm fiel es schwer zu sprechen.

Zehn Minuten später kam der Arzt zurück.

„Die Kollegin in der Neurologie erwartet sie. Station B 1."

Nach einer halben Stunde hielt Thorsten auf dem Parkplatz vor dem Klinikum. Als er ausstieg, blickte er kurz auf den Rücksitz. Joschi hatte sich seit der Abfahrt in Winsen nicht mehr bewegt. Auch jetzt blickte er nicht hoch. Völlig teilnahmslos lag er da. Nur durch das refelektierende Kunstlicht bemerkte man die sich bewegenden Augen.

Es handelt sich um eine Embolie", erklärte die diensthabende Stationsärztin. „Das heißt, ein Blutgerinnsel ist ins Gehirn gelangt. Bei Herzfehlern gibt es das recht häufig. Ihr Vater muss bereits vorbelastet gewesen sein. Denn dort bilden sich die Thromben, die ins Gehirn gespült werden. Wissen sie etwas von derartigen Vorerkrankungen?"

Kristin schüttelte den Kopf.

„Wir haben ein ziemlich enges Verhältnis", sagte sie. „Auch wenn ich jetzt in Düsseldorf wohne. Aber bis auf einen Burnout vor Jahren und den Kummer um den Tod meiner Mutter kurz vor Weihnachten habe ich nie von ihm gehört, dass er Probleme hatte."

„Nun gut", erwiderte die Ärztin. „Ich möchte sie auch nicht mit Fachchinesisch verwirren. Nur soviel: Wir haben ihm ein blutgerinnselauflösendes Mittel über die Vene verabreicht, da die Möglichkeit noch im Zeitfenster lag. Andernfalls kommt nur noch eine Thrombektomie, also eine OP infrage. Wir werden sie in diesem Fall natürlich verständigen. Aber beruhigen sie sich. Der ischämische Schlaganfall hat mitunter recht gute Heilungsaussichten."

„Darf ich ihn sehen?" fragte Kristin und versuchte, sich zu beherrschen.

„Morgen wäre besser", antwortete die Ärztin besänftigend. „ Er wird noch behandelt."

Abrupt stand Kristin auf und verließ rasch das Zimmer. In ihrem Kopf tobte ein Orkan.

„Vielen Dank, Frau Doktor", sagte Thorsten und schloss die Tür.

Dann schaute er sich um und entdeckte Kristin im verglasten Erker am Ende des Ganges.

Beim Herankommen sah er ihre verweinten Augen. Er setzte sich rasch und legte seine Hand auf ihre.

„Die Ärztin meinte noch, er hat großes Glück gehabt", flüsterte er. „Hätte man ihn später gefunden..."

Kristin nickte heftig.

„Und das verdankt er allein Joschi. Wäre er nicht bei ihm gewesen...Gott, nicht auszudenken!"

Sie musste wieder weinen. Thorsten strich ihr behutsam übers Haar.

„Die Alarmanlage war's", antwortete er. „Sagte mir jedenfalls die Tierheimleiterin. Die Polizisten, die Joschi dort abgaben, haben's ihr erzählt."

Kristin schaute überrascht hoch.

„Alarmanlage? Die funktioniert doch nur, wenn man den Schalter betätigt."

„Was für'n Schalter?"

„Na, der an der Mittelkonsole. Nur meine Mutter und ich wussten noch davon. Mein Vater hatte die Anlage extra so umgerüstet, um im

Notfall auf sich aufmerksam machen zu können. Darauf war er immer sehr stolz und hielt das für seine eigene Erfindung."

Auf der Heimfahrt wunderte sich Thorsten, dass Kristin so schweigsam war. Aber seit ihrer Unterhaltung über die Alarmanlage wirkte sie nicht mehr so traurig. Eher nachdenklich. Deshalb hakte er vorsichtig nach.

„Was ist los? Woran denkst du?"

„Das ist schon sehr komisch, das Ganze", sagte sie. „Das war keine Alarmanlage im herkömmlichen Sinn. Mein Vater vertrat die Meinung, man brauche sie nicht, um den Fall eines Diebstahls zu vermeiden. Dafür gäbe es Garagen und Versicherungen. Sondern ausschließlich für Notfälle. Wenn man auf sich aufmerksam machen wollte, weil sonst keine Möglichkeit mehr besteht. Verstehst du? Eingeklemmt, von der Fahrbahn abgekommen oder andere kritische Situationen."

Thorsten fand die Idee nicht dumm.

„Nicht schlecht", grummelte er. „Als Konstrukteur muss ihn das ja geradezu gereizt haben."

„Richtig. Er hat also einen Schalter in der Seite der Mittelkonsole angebracht, der im Notfall noch leicht erreichbar war. Aber dieser Schalter war sehr schwer zu erkennen. Farblich wie auch durch die versenkte Anordnung. Niemand, der nicht davon wusste, hätte diese Technik dahinter vermutet. Und glaub mir, nur meiner Mutter und mir hat er davon erzählt. Wie also wurde der Alarm aktiviert, wenn er schon bewusstlos war. Oder hatte er etwa noch Zeit, den Knopf zu drücken?" Kristin hielt inne.

„Mir geht die Sache jedenfalls nicht mehr aus dem Kopf. Ich fahre morgen früh zur Polizei nach Winsen."

„Gehen wir noch was essen?" fragte Thorsten.

Kristin nickte. Erst jetzt wurde ihr bewusst, dass die letzte Mahlzeit das Frühstück gewesen war.

Daheim im Wohnzimmer fiel ihr Blick auf die Basis des Telefons, an der das rote Lämpchen blinkte.

Beim Abnehmen zeigte das Display sieben Anrufe.

„Mein Gott!" entfuhr es Kristin. „Ist was mit Paps?"

Doch beim Drücken der Nachrichtentaste erkannte sie, dass die Anrufe aus Dänemark kamen.

„Kann doch nur Familie Sørensen sein", murmelte sie. „Vielleicht wollte mein Vater seine Ankunft durchgeben. Aber die werden sich sicher nochmal melden. Ich möchte sie jetzt nicht mehr stören. Ist ja auch schon spät."

Sie schaute zur Standuhr. Schon nach zehn. Ihre Müdigkeit war also berechtigt.

Thorsten ließ Joschi noch einmal hinaus in den Garten. Als er zurückkam, war Kristin bereits auf der Couch eingeschlafen.

Kapitel 14

„Der Alarm wurde erst ausgelöst, nachdem das Fahrzeug schon eine ganze Weile stand. Sagte zumindest der Zeuge, der glaubte, es mit einem Betrunkenen zu tun zu haben."

Der Beamte der City- Wache schaute vom Protokoll hoch und verzog freundlich den Mund.

„Und ein Irrtum ist ausgeschlossen?" fragte Kristin skeptisch.

„Was den Beamten betrifft, wohl nicht. Er fand das auch sehr sonderbar und dachte zuerst, der Zeuge hätte sich geirrt. Dann schob er es aber auf eine Fehlfunktion der Anlage. Um was geht es eigentlich, wenn ich fragen darf?"

Kristin schaute ihn an.

„Mein Vater war Konstrukteur in der Autoindustrie. Er baute die Alarmanlage so um, dass sie auch von innen ausgelöst werden konnte."

Geschickt vermied sie das Wort ‚nur' bei der Innenauslösung.

Der Polizeibeamte schüttelte den Kopf.

„Sie meinen, er hätte sie vielleicht noch selbst betätigen können? Das halte ich für ausgeschlossen. Ihr Vater war laut der Rekonstruktion des Hergangs bereits bei der Einfahrt in den Rastplatz bewusstlos geworden. Das ergeben die fehlenden Bremsspuren sowie die Zeugenaussage. Dass nichts Schlimmeres passiert ist, war reines Glück. Denn der Fehler beim Alarm hat ihm letztendlich das Leben gerettet. Durch das Bellen des Hundes wäre man erst viel später auf ihn aufmerksam geworden. Wenn überhaupt. Wie gesagt - man hat ihn zuerst für einen Betrunkenen gehalten."

Kristin verließ die Polizeistation und ließ sich in den Sitz ihres Minivans fallen. Eine tiefe, vage Traurigkeit überkam sie.

Es gab nur eine, wenn auch unglaubliche Erklärung. Joschi musste den Knopf gedrückt haben! Vom Rücksitz war er noch leichter erreichbar. Und für sowas war selbst der Gurt lang genug.

Ihre Gedanken schlugen Purzelbäume. Unwillkürlich verknüpfte sie die Vorfälle der letzten Wochen miteinander. Hatte ihr Vater doch Recht gehabt?

Als sie den Wagen startete, fiel ihr ein, dass Thorsten den Hund mit nach Hamburg genommen hatte. Er wollte ihn wegen dem Unfall noch einmal vom Tierarzt untersuchen lassen..

Oder war das nur ein Vorwand? Wusste er mehr über Joschis merkwürdige Fähigkeiten, als er zugab? Er kannte ihre Zweifel. Vielleicht verheimlichte er ihr sogar zusammen mit dieser Julia Zellenfelder etwas?

Kristin spürte, wie ihr das Blut in den Kopf schoss. Manchmal hasste sie ihre naive Haltung gegenüber Menschen, die sie liebte. Aber grundlose Eifersucht fand sie schlimmer.

Eine Stunde später betrat sie die Eingangshalle des Klinikums, fuhr mit dem Fahrstuhl hinauf in das zweite Obergeschoss und ging hinüber in das Gebäude, wo sich die Intensivstationbefand.

Nach der obligatorischen Prozedur stand sie kurz darauf im Schutzkittel und mit desinfizierten Händen vor dem Bett, in dem Bruno lag. Er war an zahlreichen dünnen Kunststoffschläuchen angeschlossen und trug einen Tubus für die maschinelle Beatmung.

„Beunruhigen sie sich bitte nicht, Frau Goeth", sagte der junge, gutaussehende Assistentzarzt, der sie begleitet hatte. „Es sieht alles etwas kompliziert aus. Aber die Herz- und Kreislaufsituationen sowie Medikamente und

Ernährungsflüssigkeiten machen das erforderlich. Ihr Vater wurde auf dem Weg ins Winsener Krankenhaus reanimiert. Deshalb der Tubus."

„Bemerkt er mich überhaupt?" fragte Kristin, ohne von ihm hochzublicken. Sie versuchte krampfhaft, gefasst zu wirken.

„Zuwendung ist in dieser schwierigen Situation sehr wichtig", erwiderte der Arzt. Über seine markanten Gesichtszüge huschte ein Lächeln. „Seien sie sicher, dass er sie wahrnimmt und ihre Stimme und Berührungen als vertraut empfindet. Ich lasse sie jetzt einen Moment allein. Dann bringe ich sie zum Stationsarzt. Er möchte kurz mit ihnen sprechen."

Die letzten Worte kamen nur noch undeutlich an. Kristin setzte sich auf den Stuhl vor dem Bett und berührte sachte den Handrücken ihres Vaters, auf dem ein intravenöser Zugang platziert war.

„Bleib bei uns, Paps", flüsterte sie. Ich habe viel wiedergutzumachen. Warum hab' ich dir bloß nicht geglaubt? Ich schäme mich so."

Eine Träne fiel auf ihren Kittel, weil sie anfing, bitterlich zu weinen.

Es war genau 15 Uhr, als Kristin das kleine, gemütliche Straßencafé in der Lüneburger Innenstadt betrat.

Sie brauchte jetzt unbedingt einen Augenblick Ruhe. Ihre Nerven lagen immer noch blank. Deshalb mussten die Eindrücke der letzten Stunden erst mal geordnet werden.

Während die Bedienung ein Kännchen Kaffee servierte, dachte sie an die Worte des Stationsarztes zurück. Er hatte ihr geraten, regelmäßige Besuche zu machen, da es die Genesung eventuell beschleunigen könnte.

„Ihr Vater ist ein Kämpfer", beteuerte er. „Aufgrund dessen und laut der Befunde wird er wieder auf die Beine kommen. Davon bin ich überzeugt. Aber es braucht seine Zeit."

Ihr blieb also nichts anderes übrig, als ihren Chef in Düsseldorf zu informieren und um Urlaub zu bitten. Er würde das sicher verstehen. Zumal er sie sehr schätzte.

Thorsten fiel ihr ein. Sie liebte diesen Mann grenzenlos. Der Verdacht mit dieser Julia aber hatte einen Schatten geworfen. Aber warum dachte sie so etwas überhaupt? Sprach da etwa wieder das kleine Teufelchen auf ihrer Schulter, das sie bereits schon einmal trennte?

Joschi! Wenn die Sache mit der Alarmanlage nicht so bizarr wäre, würde sie ihr wohl kaum Beachtung schenken. Aber genau das verursachte, immer wieder die vorherigen Vorfälle damit zu kombinieren. Das war einfach gespenstisch.

Kristin seufzte hörbar. Was würde wohl noch alles passieren? Tiefes Unbehagen befiel sie, dass sich wie ein enges Netz um ihren Körper legte.

Als sie gegen 17 Uhr 30 in die Einfahrt fuhr, erschien im Lichtkegel der Scheinwerfer eine Frau an der Haustür. Sie trug einen Wildledermantel mit einer fellbesetzten Kapuze. Neben ihr stand ein Trolley und ein kleiner, schwarzer Pudel.

Kristin stieg aus und ging auf sie zu.

„Kann ich ihnen helfen?" fragte sie.

„Ich wollte zu Bruno Goeth", erwiderte die Frau mit leicht dänischem Akzent und einem bezaubernden Lächeln. „Und sie müssen Kristin sein."

Bei den Worten erntete sie einen erstaunten Blick.

„Entschuldigen sie bitte. Ich hab' mich noch gar nicht vorgestellt", fuhr die Frau fort. „Larssen ist mein Name. Majbrit Larssen. Ich habe ihren Vater in Klitmøller kennengelernt. Wir sind gewissermaßen Nachbarn."

Dann erzählte sie in kurzen Sätzen die Zusammenhänge und den Grund ihrer Anreise.

„Ich machte mir große Sorgen, warum er nicht erreichbar war."

Kristin schaute sie sekundenlang an. Diese Frau besaß eine faszinierende Ausstrahlung. Dazu war sie noch sehr attraktiv und ähnelte auffallend ihrer Mutter. Warum wusste sie nichts von ihr? In den Telefongesprächen wurde sie nicht erwähnt. Jetzt war ihr auch klar, von wem die vielen Anrufe am gestrigen Abend stammten.

Sie schloss rasch die Haustür auf.

„Kommen sie herein. Ich habe leider keine guten Nachrichten."

Wenig später saßen die beiden Frauen im Wohnzimmer. Majbrit war der Schreck über Kristins Worte an der Tür immer noch anzusehen.

„Meinem Vater geht es nicht gut. Er liegt mit einem Schlaganfall in der Klinik", sagte Kristin und versuchte, so rücksichtsvoll wie möglich zu formulieren. Obwohl es ihr auch sehr schwerfiel, darüber zu sprechen.

Die Dänin wurde blass wie eine Wand. Als Kristin dann noch den Unfall erwähnte, verlor sie vollends die Fassung.

„Wie ist das bloß möglich?", schluchzte sie. „Er war doch voller Tatendrang!"

Bevor Majbrits Zustand immer brenzliger wurde, sprang Kristin auf und versuchte, abzulenken.

„Möchten sie einen Tee? Dann koch ich uns schnell einen."

Die Dänin nickte dankbar.

„Nicht, dass sie jetzt einen falschen Eindruck bekommen, Kristin", erklärte sie und tupfte mit einem Taschentuch an den Augen entlang. „Aber ihr Vater und ich teilen das gleiche Los. Mein Mann Mikael ist auch erst vor acht Monaten verstorben. Deshalb bin ich noch ziemlich dünnhäutig."

„Das verstehe ich sehr gut", antwortete Kristin mitfühlend.

Beim Tee beruhigte sich die Anspannung wieder einigermaßen.

„Glauben sie an Schicksal, Kristin?", fragte Majbrit nach einer Weile.

„Seit gestern ja. Was ich aber in dem Zusammenhang schlimm finde, ist der Umstand, meinem Vater nicht vertraut zu haben."

Wieder fasste dumpfe Wehmut nach ihrem Herz. Doch sie riss sich zusammen.

Majbrit wartete einen Augenblick, bevor sie ihre Frage erklärte.

„Bruno hat mir erzählt, wie skeptisch sie sind. Einer der Gründe, dass er nach Klitmøller kam. Doch vornehmlich wollte er wissen, was mit Joschi los ist."

Dann beschrieb sie das Erlebnis in Hanstholm und schilderte, was Bruno ihr anvertraut hatte. Ließ nichts aus. All seine Vermutungen, die aus den Geschehnissen resultierten. Die ihm jedoch niemand so recht glaubte. Und wie dankbar er dafür war, dass sie es tat.

„Bremsen sie mich bitte, wenn ich jetzt was Falsches sage", hakte Kristin nach. "Aber höre ich aus allem etwa raus, dass sich mein Vater in sie verliebt hat? Er würde sonst niemals so offen mit jemandem reden."

Majbrit lächelte geheimnisvoll.

„Ein Zustand, der aber auf Gegenseitigkeit beruht", erwiderte sie.

Nach dem Tief vor wenigen Minuten wirkten die Gedanken an Bruno wie lindernder Balsam.

Plötzlich fiel die Haustür ins Schloss. Joschi kam um den Windfang gerannt und empfing die beiden mit unbändiger Freude. Bis die kläffende Tricki auch ihren Tribut forderte.

Thorsten war dem Terrier gefolgt. Bei der Begrüßung verspürte Majbrit das Gefühl, als kannte sie ihn schon ewig. Seine lockere, unkomplizierte Art gefiel ihr sehr.

„Gibt es in der Nähe eigentlich ein Hotel?" fragte sie mit einem Blick auf die Standuhr.

„Sie bleiben natürlich hier", erwiderte Kristin. „Wir haben reichlich Platz. Schließlich gehören sie ja schon fast zur Familie!"

Die Dänin schüttelte den Kopf. Doch Kristin beharrte auf ihr Angebot.

„Gut. Aber wenn ich so nett aufgenommen werde, möchte ich wenigstens, dass wir uns duzen."

Am nächsten Morgen stieg Kristin der Duft von frisch gebrühtem Kaffee in die Nase, als sie und Joschi die Treppe von den Schlafräumen herunterkamen. Dann sah sie Majbrit, die mit einem Brötchenkorb zur Essecke hinüberging.

„Na, das ist ja ein Service", sagte sie freudig.

Majbrit lächelte sie an.

„Wenn ich schon bei euch wohnen darf, muss ich mich zumindest nützlich machen."

Beide lachten. Man konnte ihnen anmerken, dass sie die momentane Stimmung genossen.

„Kommst du heute mit zu Bruno?"

Die Frage war eigentlich überflüssig. Majbrit wollte ihn unbedingt sehen.

Während des Frühstücks sprachen sie auch über Uta. Kristin äußerte, dass sie der Dänin sehr ähnlich gewesen sei. Majbrit hörte aufmerksam zu.

„Wie sah sie eigentlich aus? Hast du ein Foto von ihr?"

„Natürlich. Aber mein Vater hat sie erstmal alle entfernt. Weil es ihm so furchtbar weh tat, verstehst du? Ich muss suchen. Warte mal."

Bevor Kristin jedoch aufstehen konnte, sprang Joschi von dem kleinen Biedermeier Sofa. Dabei stieß er gegen den Stapel Zeitschriften, die sich mittlerweile angesammelt hatten. Er fiel um und verteilte einige Exemplare bis unter den Esstisch.

Kristin wollte ihn schon rügen, aber dann fiel ihr Blick auf das freigelegte, gerahmte Foto.

„Majbrit, das musst du dir anschauen", sagte sie entgeistert.

Völlig perplex starrten die beiden Frauen auf die Portraitaufnahme von Uta.

„Das meinte ich mit Schicksal", sagte Majbrit, als sie sich wieder gefangen hatte.

"Diese unheimlichen Zusammenspiele können einem Angst machen. Warum stösst er ausgerechnet jetzt gegen die Zeitungen?"

Kristin erwähnte ihre Vermutung mit der Alarmanlage. Sie hatte es durch die fesselnden Schilderungen der Dänin am Vorabend glatt vergessen.

„Leider konnte ich meinen Vater gestern noch nicht danach fragen. Aber genau diese Sache hat mich zum Umdenken bewegt."

„Da gibt es etwas, was wir nicht sehen", murmelte Majbrit. „Was zwar ohne Körper existiert, aber ihn dennoch braucht, um sich zu artikulieren. Bruno hat das erkannt. Und mich bestärkt es nur immer wieder in dem Glauben, dass die Seele unzerstörbar ist. Ein Wanderer zwischen den Zeiten."

„Klingt sehr pathetisch", antwortete Kristin. „Aber du hast völlig Recht. Selbst der ungläubigste Zeitgenosse könnte sich vor dem, was uns dieser Hund bisher an rätselhaften Kunststücken geboten hat, nicht verschließen."

„Nur bekennen würde es niemand. Die Angst vor Spott wäre einfach zu groß. Beruhigend ist aber, dass wir in der heutigen Zeit wegen solcher Erlebnisse nicht gleich auf dem Scheiterhaufen landen."

Kristin nickte.

„Tja, über den Tellerrand schauen ist nicht mehr so gefragt. Man orientiert sich lieber an traditionellem Wissen. Ist ja auch sicherer. Und lässt uns vergessen, dass wir für viele Dinge die Sensibilität verloren haben. Eigentlich schade."

Kapitel 15

Es war noch etwas früh für einen Besuch im Klinikum.

„Lass uns doch noch kurz auf dem Friedhof vorbeifahren. Er liegt praktisch auf dem Weg", schlug Kristin der Dänin vor. „Ich möchte bloß mal nachschauen, ob alles in Ordnung ist."

Majbrit war einverstanden, während sie die beiden Hunde auf dem Rücksitz ermahnte, nicht so wild miteinander umzugehen.

Als sie in der Soltauer Straße auf den Parkplatz des Zentralfriedhofs fuhren, wurde Joschi auf dem Rücksitz sehr unruhig. Als Kristin die Hintertür des Minivans öffnete, um ihn abzugurten, gebärdete er sich derart ungestüm, dass sie nicht wusste, ob es sich um Ungeduld oder Aggressivität handelte. Auch Tricki wurde von seiner Hektik angesteckt und kläffte laut.

Durch einen unaufmerksamen Moment gelang es dem Terrier, an Kristin vorbeizuhuschen und aus dem Wagen zu springen. Er rannte an Majbrit vorbei an der Kapelle rechts in den Eingang des Friedhofs und verschwand aus dem Sichtfeld der Frauen.

Kristin rief vergeblich hinter ihm her. Rasch verschloss sie den Wagen und folgte ihm mit der Dänin.

„Hunde dürfen nur angeleint mit auf das Gelände", schnaufte sie. „Das gibt `ne Katastrophe!"

Minuten später erreichten sie den Weg zu Utas Grabstelle. Unterwegs hatten sie sich verzweifelt nach Joschi umgesehen. Ohne Erfolg. Plötzlich blieb Kristin wie angewurzelt stehen.

„Wie geht sowas?", rief sie lauter, als sie wollte. Ein älteres Ehepaar neben einer anderen Ruhestätte drehte sich überrascht um und warf ihr einen vorwurfsvollen Blick zu. Doch die Beherrschung kam nicht zurück.

„Das ist einfach nicht wahr!"

Joschi saß vor dem Grab ihrer Mutter, auf dem sich noch Blumen und Kränze türmten.

Bewegungslos. Wie versteinert.

Die Dänin nahm Kristin rasch in den Arm. Obwohl der eigene Schreck ziemlich tief saß, versuchte sie zu trösten.

„Ich kann nicht mehr!", schluchzte Kristin. „Das ist kein doch normaler Hund! Woher wusste er, wo das Grab meiner Mutter ist? Er war noch nie hier!"

Sie hatte sich wieder beruhigt. Im Auto sprachen die beiden nochmal über alles. Fügten die Erlebnisse mit Joschi wie Mosaiksteinchen zusammen.

„Auch wenn es so ist, warum bringt man es mir so rücksichtslos bei? Weil ich nicht daran glauben konnte? Das ist einfach nicht fair!"

Eine Mischung aus Empörung, Verdruss und Zorn lag in Kristins Worten. Sie musste wieder weinen. Diesmal aus Verzweiflung.

Majbrit legte ihr die Hand auf die Schulter und sah sie nachdenklich an.

„Denk mal an unsere Unterhaltung beim Frühstück. Die Seele deiner Mutter ist vielleicht noch nicht bereit für den Platz, den wir Himmel nennen."

Gegen 16 Uhr drückte Kristin auf die Klingel der Intensivstation.

Majbrit konnte ihre Aufregung nicht unterdrücken. Bei dem Gedanken, Bruno auf diese Weise wiederzusehen, wurde ihr leicht unwohl.

Nach fast fünf Minuten öffnete sich die schwere Tür. Der gleiche Assistenzarzt wie am Vortag erschien.

„Ach, Frau Goeth. Kommen sie bitte. Möchten sie auch hinein?" Er wandte sich mit einem charmanten Lächeln an die Dänin. Sie nickte und stellte sich vor.

Wenig später standen sie vor Brunos Bett.

Kristin war verwundert über die rasante Verbesserung seines Zustandes. Er trug keinen Tubus mehr und hatte die Augen geöffnet. Doch irgendwie blickten sie ins Leere. Auch reagierte er nicht auf ihr Erscheinen.

„Ihr Vater macht sehr gute Fortschritte", erklärte der Arzt. „Seine Lethargie resultiert aus den verabreichten Medikamenten. Er verfügt aber über außergewöhnliche, innere Stärke.

Wahrscheinlich kann er deshalb schon am nächsten Sonntag auf die Allgemeinstation verlegt werden."

Die beiden Frauen hörten verblüfft zu. So eine freudige Nachricht hatten sie nicht erwartet.

Als Majbrit sich über ihn beugte, glaubte sie, ein glückliches Leuchten in seinen Augen zu erkennen.

„Was machst du bloß für Sachen?", schluchzte sie. Zu mehr reichte es nicht. Der traurige Gemütszustand kehrte zurück und drückte auf ihr Herz.

Sie schaute sich um. Sah, dass sich Kristin und der Arzt unterhielten. Rasch beugte sie sich an Brunos Ohr und flüsterte kaum hörbar:

„Ich liebe dich."

„Und den darf ich wirklich hierlassen?" hörte sie Kristin fragen. Dabei hob sie einen kleinen Bilderrahmen an.

Der Arzt nickte freundlich.

„Selbstverständlich."

Es war ein Foto von Joschi. Die beiden Frauen hatten es vormittags noch schnell mit dem Handy aufgenommen, gedruckt und gerahmt.

Kristin stellte es auf das Metallschränkchen neben dem Bett.

Brunos Augen veränderten sich abermals, folgten ihrer Bewegung und verharrten auf dem Bild. Dort blieben sie, bis Kristin und Majbrit den Raum wieder verlassen wollten.

„Das Licht...Joschi tot...Sie ist im Licht...“

Die Frauen drehten sich um und schauten entgeistert zu Bruno hinüber.

Er nuschelte noch einige unverständliche Silben, die sie aber nicht verstanden.

Kristin lief zurück zum Bett. Versuchte, noch etwas aufzuschnappen. Doch Bruno verstummte wieder.

„Paps, hörst du mich? Sag doch was!“

Der Assistenzarzt kam hinzu und zog Kristin behutsam zurück.

„Es sind Träume, Frau Goeth“, beteuerte er. „Ihr Vater hat schon oft im Traum gesprochen.

Machen sie sich bitte keine Sorgen. So baut das Unterbewusstsein die unverarbeiteten Erlebnisse ab."

„Aber er hat Joschi gesagt. Dann hat er ihn auf dem Foto doch erkannt!"

„Ein Auslöser, richtig", sagte der Arzt. „Das ist ein gutes Zeichen. Es zeigt uns, dass die Erinnerung zurückkehrt. Erstaunlich rasch, muss ich bekennen."

Bruno hatte sich auf der Allgemeinstation erstaunlich schnell erholt. Bei den Rehablitationsmaßnahmen konnte man förmlich zusehen, wie die Genesung voranschritt.

Kristin, Majbrit und Thorsten waren fast jeden Tag vorbeigekommen. In den ersten fünf Tagen blieben die Unterhaltungen noch ziemlich einseitig. Doch das änderte sich schnell. Bruno wurde zugänglicher und aufgeschlossener. Zumal er auch vieles wieder selbst wachrufen konnte.

In den folgenden Gesprächen bekamen die drei oft das Gefühl, er hätte nur eine längere Reise gemacht und wollte über alles, was ihm entgangen war, informiert werden. Hauptsächlich interessierten ihn die Begebenheiten, die mit Joschi zusammenhingen.

Die zärtliche Fürsorge von Majbrit sorgte aber am intensivsten dafür, dass der Schrecken der Erkrankung immer mehr verblasste. Lediglich die ärztliche Betreuung und die Heilbehandlungen erinnerten daran.

So konnte er bereits drei Wochen später in die Obhut der Familie zurückkehren.

Kapitel 16

"Wenn es nicht die Einschränkung der rechten Hand gäbe, würde ich nicht glauben, dass er einen Schlaganfall hatte."

Majbrit stimmte Thorsten zu. Dann klopfte sie an die Tür des Krankenzimmers.

Bruno lag auf dem Bett. Er lächelte, als er die beiden erkannte und richtete sich behäbig auf. Seine Bewegungen waren insgesamt langsamer geworden. Man merkte deutlich, dass er es verbergen und keine Schwäche zeigen wollte. Doch das war die einzige charakterliche Veränderung. Mit der ließ es sich aushalten.

Die Dänin kannte das alles nur zu gut. Ihr Mann Mikael war an einer Apoplexie, einem Gehirnschlag, gestorben. Für ihn konnten die Ärzte nichts mehr tun. Er lag nur drei Tage in tiefer Agonie. Die Chance, ihn zu umsorgen, gab es also nicht.

Nach der Begrüßung packte Thorsten den Rest von Brunos Sachen in die Reisetaschen. Das Gespräch mit dem Arzt hatten die beiden bereits vorher geführt.

Kristin war in Düsseldorf. Da Majbrit zusagte, sich um Bruno zu kümmern, brauchte sie sich keine Sorgen um ihn zu machen und konnte vorläufig wieder ihrem Beruf nachgehen.

"So, wenn du soweit bist, fahren wir heim", meinte Thorsten. Er sah Bruno an und lächelte. Keinesfalls wollte er ungeduldig wirken.

"Joschi wartet schon", ergänzte er spitzbübisch.

Die Begrüßung zwischen Hund und Herrchen war überwältigend.

Bruno konnte sich kaum retten, da auch Tricki ihren Anteil von der Zuneigung forderte.

Als sie dann endlich gemeinsam am Esstisch saßen, sagte Majbrit, dass sie gern weiterhin in Lüneburg bleiben würde. Man konnte Bruno dabei deutlich ansehen, dass er überglücklich war.

Es gab viel zu erzählen. So vergingen die Stunden wie im Flug.

Als Kristin mittags hereinkam, fand sie eine recht fröhliche Runde vor. Ihr Vater hatte es sich derweil auf dem Biedermeier Sofa bequem gemacht. Joschi und Tricki leisteten ihm Gesellschaft. Doch die Stimmung war ungebrochen.

"Ich bin heut früher weg. Mein Chef war ganz baff, dass Paps so schnell wieder auf den Beinen ist", flüsterte sie Thorsten zu.

Es wurde spät.

Bruno wollte den gemütlichen Abend nicht enden lassen. Trotzdem konnte er seine Erschöpfung nicht verbergen.

Majbrit beobachtete ihn genau.

„Lasst uns schlafen gehen", schlug sie vor. „Es war heute sehr anstrengend."

Sie half Bruno beim Aufstehen. Ihm wurde etwas schwindelig. Doch er wollte nicht, dass es den anderen auffiel.

Als Joschi ihn jedoch anstarrte und knurrte, schmunzelte er.

"Mir kann doch eigentlich gar nichts mehr passieren."

"Warum?" fragte Majbrit.

"Na, unter Aufsicht von drei Frauen ist das unmöglich!"

Dabei nickte er mehrmals mit dem Kopf zu Joschi.

Kristin schreckte hoch. Sie schaute auf die roten Ziffern des Digitalweckers. Drei Uhr vierzehn.

Sie lauschte in die Dunkelheit. Neben dem gleichmäßigen Atmen von Thorsten war da noch ein Geräusch. Ein leises, an- und abschwellendes Brummen. Genau das musste sie geweckt haben.

Sie setzte sich auf die Bettkante und horchte noch einmal. Dabei bemerkte sie ein merkwürdiges, aber kaum wahrnehmbares Flackern auf dem Flur. Wegen Bruno hatten alle die Zimmertüren einen Spalt aufgelassen.

Kristin stand langsam auf. Ganz wohl fühlte sie sich nicht. Sie überlegte, ob es sicherer wäre, Thorsten zu wecken. Blödsinn, es konnte ja etwas harmloses sein, dachte sie. An der Tür blieb sie noch einmal kurz stehen, trat dann hinaus auf die Galerie und ging langsam bis zum Treppengeländer vor. Bloß kein Licht einschalten!

Sie blickte ins Wohnzimmer. Das Flackern kam aus der Kaminecke. Auch das Geräusch, das jetzt etwas lauter geworden war. Doch leider konnte sie die Ecke nicht einsehen.

Obwohl ihr noch mulmiger wurde, siegte die Neugierde über die Vernunft.

Leise ging sie einige Stufen der Wendeltreppe hinunter. Blieb zwischendurch stehen und lauschte erneut. Doch das Brummen blieb konstant. Auch das Flackern veränderte sich nicht.

Beherzt ging sie den Rest der Treppe hinab. Verweilte sekundenlang, trat um die Kaminecke und hielt schlagartig inne.

Ein irreales Schauspiel bot sich ihren Augen. Wie hypnotisiert nahm sie Joschi wahr, der inmitten eines gelblich flimmernden Gebildes aus züngelndem Licht saß.

Doch Kristin spürte instinktiv, dass keine Gefahr von dieser Erscheinung ausging. Sie strahlte vielmehr ein Gefühl der Herzenswärme aus. Etwas überaus Vertrauliches, was der jungen Frau keinesfalls fremdartig erschien, sondern sehr anheimelnd auf sie wirkte.

Tiefe Geborgenheit, die sie nur aus der Kindheit kannte. Wo alles noch viel einfacher war durch die schützenden Hände der Eltern.

Das unergründliche Brummen verstärkte diese Empfindung noch, so dass sie sich nicht mehr davon trennen wollte.

Plötzlich löste sich das Phänomen von dem Hund, formte sich zu einer Kugel und schwebte noch einen Moment im Raum. Joschis Augen glänzten dabei wie zwei Diamanten. Die unbeschreiblich friedliche Atmosphäre verstärkte sich noch einmal kurz, bevor das Gebilde wie ein gallertartiges Wesen aus einer anderen Welt im Nichts verschwand.

Was blieb, war absolute Stille.

Und eine geläuterte Frau. Die erfahren musste, dass es Dinge gab, die sie nicht begreifen konnte.

Kapitel 17

Beim Frühstück berichtete Kristin von dem Vorfall der Nacht. Noch immer war sie nicht vollkommen sicher, ob sie alles nur geträumt hatte.

"Eine ähnliche Vision wie meine in der Klinik", sagte Bruno. "Sie war so intensiv, dass ich sie nicht vergessen habe. Jetzt, wo du das erzählst, muss ich unwillkürlich daran denken. Ich habe gesehen, wie Uta aus Joschi herauskam und sich von mir verabschiedete."

"Sie ist fort, nicht wahr?" fragte Majbrit.

Bruno nickte.

"Ihre Aufgabe ist wohl erfüllt. Du hast ja mal vermutet, dass so etwas dahinter stecken könnte. Jetzt ist sie Teil von etwas Schönerem, als es unsere Welt jemals sein wird und hat uns alle sehr glücklich gemacht. Das war ihre Bestimmung, die sie mit Joschis Hilfe durchführen konnte. Der Tag war abzusehen, an dem sie sich umdreht und geht."

Er machte eine kleine Pause, bevor er weitersprach.

„Auch der Hund hat wieder seine eigene Seele. Wir hatten mit ihm erschreckende und zugleich wundersame Erlebnisse. Bedauerlich ist bloß, dass wir sie niemandem erzählen dürfen. Jedenfalls nicht in unserer Welt. In der es so bequem ist, andere als überdreht abzustempeln."

Bruno beugte sich herunter und streichelte Joschi gefühlvoll. Seine Augen schimmerten feucht, als er wieder hochkam.

Thorsten nahm seinen Teelöffel und klopfte an die Tasse.

„Nachdem wir jetzt ausgiebig gefrühstückt haben, seid ihr hoffentlich bereit für das, was ich euch jetzt mitteilen möchte!"

Sein Tonfall klang schelmisch und entfernte damit auch den letzten Rest von bedrückender Stimmung.

Der Tierpfleger stand auf, strich der eingeweihten Kristin zärtlich über die Wange, ging um den Esstisch herum und blieb vor Bruno stehen. Dann sank er auf die Knie und bat ihn um die Hand seiner Tochter.

„Na endlich", sagte Bruno. „Hat ja lange genug gedauert! Ich habe nach dem ersten Rendezvous schon damit gerechnet. Ihr habt euch wirklich gesucht und gefunden. Und das bereits zum zweiten Mal! Also, steh' wieder auf! Meinen Segen hast du. Glücklich seid ihr ja schon!"

Majbrit lächelte nur. Aber ihr Blick sprach Bände. Dann half sie Kristin beim Abräumen.

Als sie kurz darauf nach Bruno schaute und ihn auf der Terrasse fand, saß er in seiner dicken Jacke und mit geschlossenen Augen in der Märzsonne.

„Spürst du es auch?" sagte er, bevor sie monieren konnte, dass er sich bei den niedrigen Temperaturen draußen hinsetzte.

Sie stellte sich hinter seinen Stuhl und massierte sanft seine Schultern.

„Was, mein Schatz?"

„Das Leben", fuhr er fort. „Es ist doch egal, was es uns bietet. Weil es einfach schön ist. Hier sitzen und die Seele baumeln lassen – das ist Leben. Und mit dir an meiner Seite ist es vollkommen."

Joschi lag neben ihm. Doch diesmal machte er nicht den Eindruck, als ob er es verstanden hätte.